¿Por

qué

MARÍA
ANGULO
ARDOY

no

hay

gatos

en

Marte?

Esta obra fue galardonada con el 2.º premio del III Premio de novela corta «Planetario de Madrid». Esta obra fue presentada con el seudónimo *Gato gris*.

Ayuntamiento de Madrid

Alcalde de Madrid

José Luis Martínez-Almeida Navasqüés

Delegada del Área de Gobierno de Cultura, Turismo y Deporte

Marta Rivera de la Cruz

Coordinador General de Cultura

María José Barrero García

Director General de Bibliotecas, Archivos y Museos

Emilio del Río Sanz

Subdirector General de Museos y Exposiciones

José Bonifacio Bermejo Martín

Jefe del Servicio de Museos y Exposiciones

María Azcona Antón

EDICIÓN: Ayuntamiento de Madrid

COORDINACIÓN: Ana Fernández Félix,

Jefa de Departamento, Servicio de Museos y Exposiciones

DISEÑO GRÁFICO: Tres Tipos Gráficos

IMPRESIÓN Y ENCUADERNACIÓN: Grafo, S.A.

ISBN: 978-84-7812-856-3

Depósito legal: M-17413-2024

ÍNDICE

SIETE DÍAS ANTES DE ATERRIZAR

—Gatos. ¿Por qué no incluyeron gatos? —Huang repasaba los listados de huevos y animales de la primera misión—.Son agradables, cariñosos, divertidos…

—Y también depredadores capaces de cazar más de lo que comen, muy destructivos en ecosistemas frágiles —Gris no se tomaba en serio las preguntas tontas de su copiloto, pero las respondía siempre como si lo hiciese—. Aparte, son mamíferos. En la misión original no transportaron ningún mamífero salvo a los propios colonos. Es más viable y con mejor rendimiento transportar huevos.

—Llevaban huevos de aves depredadoras. Me hiciste revisar la lista hace meses.

—Para controlar la población de insectos. Y todas ellas son comestibles por el ser humano. Se trataba de crear de cero un ecosistema. Introducir un depredador con una tasa de reproducción tan alta lo habría desequilibrado. Humanos aparte.

Gris estaba pilotando en ese momento. A una semana del aterrizaje, había poco por hacer, una vez comprobado el curso correcto y la ausencia de objetos imprevistos en la trayectoria. No habría datos fiables sobre la atmósfera o la orografía de Gliese 581g hasta días más tarde. Y, por supuesto, seguía sin haber mensajes nuevos de la colonia.

Con un suspiro de resignación, abrió en la pantalla su siguiente tarea y comenzó a repasar también listados de insectos. El tiempo libre, en el reducido espacio de la lanzadera y con la perspectiva incierta de qué encontrarían a su llegada, no conducía a nada positivo.

—Pero veinte años después, nuestra nave tampoco lleva gatos.

—Ya no es nuestra nave.

—Bien, de acuerdo: la nave-buque de la misión original Gliese I no tenía gatos. La misión Gliese II no lleva gatos. Nosotros, la Lanzadera Gliese-Beta, tampoco. No volveremos a ver gatos en la vida—Huang se estiró tanto como pudo—. Y yo me he cansado de comparar los listados. Nuestro último mensaje desde la colonia es de hace más de diez años terrestres. A estas alturas, o han implantado bichos nuevos o han muerto todos—Miró el reloj de a bordo—. Me toca parar a hacer ejercicio.

O han muerto todos.

Desde que la lanzadera se separó de la nave-buque para la misión exploratoria, no habían recibido nuevas comunicaciones. Ahora estaban a apenas unos días del planeta de destino, ya en su sistema solar, con la enana roja Gliese 581 luciendo, pálida pero ya visible, en la distancia.

Con precisión, Huang apartó su pantalla de lectura y soltó las correas de su asiento, dejándose levitar. En la pared opuesta al panel de mando se disponía, plano y plegable, el equipo de gimnasia. Palancas y poleas de resistencia graduable, pedales, bandas elásticas y cinchas, para no salir flotando en sentido contrario. La máquina ofrecía resistencia a la movilización en intensidades crecientes. El objetivo era ir trabajando la musculatura de diferentes partes del cuerpo incluso en gravedad cero.

Cuando sacaron a Gris de la máquina de estasis, Huang ya llevaba varios años operando como piloto. Su rutina de ejercicios había sido, en un inicio, más leve. Si todo hubiese funcionado según lo previsto, habrían tardado en llegar a Gliese en la nave-buque otros diez años terrestres y el entrenamiento original de Huang estaba diseñado acorde a ese margen.

Al partir en la lanzadera, se adaptó e intensificó el programa de ejercicios. Ahora, estando tan cerca del planeta, ya en su sistema solar, era fundamental prepararse para la atracción 1,5 veces mayor que la terrestre y muy superior a la capacidad de gravedad artificial de la nave Gliese II. La lanzadera, por su parte, funcionaba siempre en gravedad cero. La llegada iba a ser dura y tardarían días en poder salir de la nave. Les costaría ponerse en pie, siquiera, sin uno de los trajes adaptados.

Sería mucho más duro que el cambio de Marte a la Tierra, pensó Gris.

Cada día, o cada veinticuatro horas terrestres, repetían su misma rutina. Ocho horas de sueño, nunca al mismo tiempo. Al despertarse, una comida en pasta, directa del tubo a la boca. Primera batería de ejercicios, trabajando la flexibilidad. Comprobar los monitores y el curso del viaje. Comprobar si había nuevos mensajes desde el planeta Gliese 581g o de la nave-buque. Ejercicio de musculación. Aseo básico en seco. Comida en pasta. Comprobar monitores. Revisar los planes originales de la misión Gliese I y compararlos con los datos recibidos desde el planeta. Musculación y relajación. Comprobar monitores. Continuar revisando y comparando informes. Estiramientos. Pausa para comer, pasta en tubo. Más lectura y comparación. Comprobar las lecturas disponibles sobre el sistema de la estrella Gliese, la situación de planetas y satélites, sus rotaciones, y, al acercarse a la colonia, los datos de su atmósfera. Musculación. Aseo. Comprobar monitores. Más informes, más comparaciones. Musculación. Aseo. Última comida, siempre de pasta en tubo. Volver a dormir, si lo conseguían.

Los horarios de sueño, comida o comprobación de monitores se solapaban, coincidiendo en algunos momentos y no más de media hora. O lo que los relojes de a bordo marcaban como media hora. Las comidas ocupaban apenas un par de minutos cada una. Las tandas regulares de ejercicio eran cada día más duras e intensas, pero, al fin, de haber estado en un lugar con gravedad, el mero hecho de mantenerse sentados o de pie ya requeriría un mínimo esfuerzo, frente a aquella ingravidez completa.

Las interminables revisiones de datos e informes eran el momento más peligroso, cuando la imaginación tendía a jugar la mala pasada de intentar pensar demasiado en ese futuro inmediato e impredecible.

La información a revisar, a Huang, le parecía inabarcable. Gris había estudiado cada papel del proyecto original de terraformación durante meses, antes de partir y, si bien su cerebro al principio no funcionaba con la agudeza habitual, la mayoría le resultaba familiar. Aun así, las comparaciones resultaban tediosas.

La colonia Nueva Gaia había dejado de transmitir más de diez años terrestres atrás y, según sus mensajes, la implantación en ese momento no era la planeada. Para cada dato bioquímico del aire o el agua, cada planta o animal, era preciso buscar el último mensaje recibido en el que eran mencionados. Después, en los larguísimos listados del proyecto original, debían encontrar la fecha correspondiente y el dato específico.

—Baños con agua —Al hacer ejercicio, Huang solía repasar las cosas que echaba de menos de la Tierra—, nadar, caminar con los pies en el suelo, tumbarme sin flotar, notar el colchón en la espalda, flotar en el agua, notar el agua en la espalda, notar el sol…

—¿Te has bañado en agua? —Como todos los colonos de Marte y la mayoría de pobladores de la Tierra, Gris tenía el agua por un lujo a reservar para beber y regar—. ¿Es diferente de la limpieza en seco?

—Como acariciar un gato respecto a tocar un peluche.

¿Nunca te has bañado? —Huang se pasó una de las cintas elásticas por la espalda y apoyó las piernas contra la pared, intentando estirarlas contra la resistencia—. ¿Qué echas tú de menos?

—Te sonará tonto, pero las verduras. Las patatas, menos, pero una col, un tomate, las zanahorias... Nunca he probado nada tan dulce como las zanahorias de la Tierra —Revisando el listado de verduras, comprobó de nuevo la presencia de una variante de zanahoria—. ¿Sabrán igual las verduras de Gliese?

—Si hay verduras — Huang solía dejar caer aquellos comentarios terribles del modo más casual, como si hablase de la diferencia entre tener o no una bañera y no estuviese implicando una catástrofe—. La sombra de un pino. El olor a hierba—Mientras Huang remaba, enumerando paisajes y sensaciones terrestres, Gris se centró en intentar deducir, de las alteraciones genéticas y la composición de las zanahorias modificadas, si sabrían dulces, como las de la Tierra, o un poco picantes, como las de Marte—. Jazmín de verdad. Madreselva. El olor del suelo tras la lluvia.

—Petricor —sugirió Gris—. El olor del suelo tras la lluvia se llama petricor. Lo leí en un libro. ¿Huele bien?

—¿Sabes cómo se llama... algo que... nunca has olido?

—También sé qué es un arándano y no lo he probado nunca.

—Y sabes qué es un gato sin haberlos visto —Huang se descolgó de la pared y se dejó flotar hacia una esquina para quitarse la ropa antes de pasar al aseo—. ¿De verdad no habrá gatos? ¿Quién va a comerse a las ratas?

—¿Para qué iban a meter ratas en un ecosistema artificial?

—Hay cucarachas y escarabajos —enumeró Huang, pasando al cuarto de baño—. O debería haberlos, a estas alturas.

—Son carroñeros, necesarios en cualquier ecosistema. Y se reproducen por huevos —Con la composición química en mano, la zanahoria de Gliese debería parecerse más a la marciana y, sin embargo, la composición del suelo podría afectar al sabor. Incluyendo, pensó, las diferencias de suelo provocadas por las diferentes especies de insectos trabajando en él—. Te lo he dicho: en un proceso de terraformación, los grandes depredadores no se introducen hasta tener una atmósfera y poder salir de las cúpulas. Es algo teórico, aún. Suelen necesitar mucho espacio y muchas presas para sobrevivir y solo son rentables cuando hay exceso de producción.

—Conocer a las cucarachas y no a los gatos es triste — Huang cerró la puerta antes de comenzar a lavarse.

Dejándose caer sobre su respaldo, Gris revisó los monitores de vuelo de nuevo. No, conocer a las cucarachas y otros insectos no era triste. Lo triste era la alternativa.

*

*

*

La misión de terraformación Gliese I había partido de la Tierra hacía más de un siglo. El viaje, entonces, sobrepasó los setenta años. Como en la misión Gliese II, los colonos, expertos en diferentes campos necesarios para la vida en Gliese 581g, permanecieron en estasis hasta después del aterrizaje. El equipo de pilotos se repartió en largos turnos de a dos, trabajando durante años sin contacto con otros seres humanos, ocupándose del mantenimiento y la dirección de la nave hasta enfermar y precisar reemplazo.

Mientras la nave-buque se alejaba de la Tierra, los mensajes habían llegado cada vez más espaciados. Se codificaban en pulsos lumínicos, para mayor celeridad. El mensaje del aterrizaje en Gliese, a la velocidad de la luz, tardó más de veinte años en llegar al Sistema Solar. A partir de ese momento, el intervalo fijo de un mensaje cada 36 días se mantuvo durante al menos un año terrestre, casi siempre con buenas noticias.

La nave había aterrizado en la zona nocturna, y no en el área prevista del terminador. Había sufrido daños por unas irregularidades imprevistas en el terreno. Aun así, en apenas dos meses se había construido la primera cúpula y se había despertado a los colonos. Como era habitual en aquella época, algunos no habían despertado del estasis y otros fallecieron en el primer mes por daños en su cámara. Un total de quince hombres y diecisiete mujeres sobrevivieron. Sin enfermedades hereditarias conocidas, sanos, jóvenes, fértiles y genéticamente lo menos relacionados posible. La consanguineidad en las dos primeras generaciones sería inevitable y se trató de paliar con un grupo inicial diverso.

Las algas depuradoras se liberaron en el estanque de la cúpula tan pronto estuvo terminada y su efecto se notó en poco tiempo. Los arcaicos concentradores de oxígeno dejaron de ser necesarios en unos seis meses. El agua fue potable, con unas concentraciones de metales apropiadas para el ser humano, en apenas quince días. Fuera de la colonia la atmósfera aún sería inhabitable mucho tiempo.

Según lo previsto, parte de las algas se habían liberado a fuentes de agua, salada o dulce, externas a la cúpula. De reproducirse a la velocidad prevista, elevarían la concentración de oxígeno atmosférico en una tasa mínima las primeras décadas, pero habría subido del diez al doce por ciento en un siglo, un cinco por ciento más en los siguientes cincuenta años. El agua de algunos ríos podría albergar vida terrestre incluso antes.

Las noticias sobre el inicio del huerto y la exploración de las áreas colindantes fueron llegando sin novedades sobre lo previsto. Tras un año de buenas noticias, la Autoridad Espacial en la Tierra decidió dar luz verde a Gliese II: una segunda remesa de colonos y nuevas especies vegetales y animales para dar mayor riqueza al proyecto.

—Se precipitaron en enviar la segunda nave, ya lo sabes— repitió Gris una vez más—. Deberían haber esperado a confirmar, como poco, la implantación de dos especies de insecto polinizador, una de peces y 4 o 5 verduras diferentes.

—¿Y dónde habrían metido a toda esa gente hacinada en las ciudades? ¿En Marte? ¿En Venus?

La terraformación de Marte y la Luna se habían estancado en el sistema de cúpulas, siendo imposible mantener una atmósfera propia. Europa, con su escasez de luz y bajas temperaturas, requería vida subterránea con iluminación artificial y unas adaptaciones genéticas para las nuevas especies, incluida la humana, superiores a las previstas. Las noticias de los otros planetas eran aún escasas o inexistentes.

El proyecto de Gliese era lento y lleno de desafíos y aun así, parecía la mejor opción para la expansión de la raza humana al espacio. Y disponer de nuevos hábitats, extensos y con capacidad para millones de personas, se hacía imprescindible para la supervivencia de la especie.

—Unos cuantos cientos de personas más no supondrán una gran diferencia en la Tierra —Si todo el planeta era como Shanghái, la única ciudad que Gris había pisado, una colonia completa y funcional en Marte o la Luna tenía menos habitantes que un edificio de viviendas terrestre—. Y la mayoría de terrestres no podrían sobrevivir en una colonia.

—No hasta conseguir terraformar un planeta completo. ¿No es esa la teoría? Por eso la prisa en conseguirlo.

Gliese II transportaba varios cientos de colonos en estasis, una tripulación con dos pilotos en activo hasta precisar relevo, y una nueva carga de algas, semillas, huevos y lombrices, con modificaciones y mejoras para adaptarse con mayor eficiencia al nuevo mundo.

Si conseguían adaptarse. Al fin, se trataba de un planeta sin días ni noches, en rotación sincrónica, con una estrecha franja crepuscular con temperaturas habitables para las formas de vida terrestres. Como las lombrices.

Las lombrices, pensó Gris con fascinación, habían sido un desafío en el primer viaje. Al no tener una fase de huevo, era preciso transportarlas vivas o criogenizadas. La primera opción requería cuidados constantes especializados. La segunda presentaba una baja tasa de viabilidad al recuperarlas, en la época de la misión original. Pero Gliese II transportaba todo un tanque de anélidos en una máquina de estasis especialmente diseñada para sus necesidades. Ahora sería más fácil introducirlas al nuevo ecosistema. Los cambios genéticos y las mejoras técnicas acelerarían el proyecto.

—Si todo hubiese sido perfecto e impecable, con la tecnología que llevamos, tal vez se conseguiría hacer habitable una pequeña fracción de Gliese 581g en un siglo más.

—¿Y cuánto más, si no hubiésemos partido ya? —Huang engulló su comida en pasta y se desabrochó el cinturón para ir al baño—. ¿Y si en un siglo más la atmósfera de la Tierra ya no es respirable?

—Tal vez no suponga ninguna diferencia que lleguemos ahora. Ni tampoco la tercera nave.

La tercera nave habría partido de la Tierra otros veinte años más tarde. En aquel momento, en la Tierra, aún no habían recibido los primeros informes extraños. Tal vez la nave-buque Gliese III sí tuviese la posibilidad de dar media vuelta y regresar cuando se topase con las malas noticias.

En su caso, la frecuencia de mensajes durante el viaje había ido aumentando conforme se acercaban al destino. El intervalo entre uno y el siguiente se reducía en relación inversa a la distancia. Pero, si bien al inicio habían sido prometedores, al cabo de unos diez años comenzaron a presentar anomalías. Déficits en los informes, alguna incoherencia, problemas con los insectos o los peces. Cada vez más llamativos, más extraños. El último informe más o menos completo databa de veinte años terrestres atrás. Después, los mensajes evolucionaron hacia una sucesión de absurdos sin sentido ni información útil, hasta cesar por completo. Cuando Huang y su copiloto de aquel momento contaron el equivalente a trescientos sesenta y cinco días sin mensajes desde Gliese, activaron el plan de emergencia.

—¿Por qué no lo activasteis antes? —Había preguntado Gris cuando su cerebro comenzó a ser capaz de procesar la información.

—La lanzadera solo tiene una autonomía en vuelo interplanetario de unos tres años. En esos tres años puede recorrer la misma distancia que la nave-buque en quince —le había informado Huang—. Hemos esperado a estar a menos de esa distancia del planeta, para no quedarnos cortos.

—La idea es que aterricéis con algo de combustible, por si tenéis problemas con las placas solares o necesitáis viajar a la zona en penumbra — Chen, copiloto de Huang durante las décadas previas, tenía por aquel entonces ojeras de dormir mal, recordando los mensajes de la colonia e imaginando posibilidades—. Es una pena haberte despertado a ti, y no a alguien menos útil para la colonia, pero se necesitan dos pilotos para el viaje.

—Y, por lo que hemos podido entender de los mensajes, alguien que conozca al detalle el proyecto de terraformación y sepa de agricultura.

Y eso había sido todo, o casi todo. Habían despertado también al relevo de Huang, que tomó los mandos de la nave-buque antes incluso de su partida. En los últimos dos años, Gris y Huang habían convivido en aquel reducidísimo espacio, turnándose para las diferentes tareas, entrenando para la nueva fuerza gravitatoria y repasando de forma obsesiva los datos: la información original sobre el planeta, el diseño de la primera misión, los informes, su comparación con el proyecto. A estas alturas habrían leído cada mensaje, por lo menos, dos veces.

Gris decidió repasar una vez más la situación de sus insectos. En el momento del último mensaje coherente y completo recibido, haría unos 20 años terrestres, además de las abejas deberían haberse implantado otras dos especies de insectos polinizadores. Sin embargo, la población de abejas nunca había pasado de una colonia modesta. Una única reina. Las obreras no parecían orientarse bien y se perdían con frecuencia. A pesar de las modificaciones genéticas y de las persianas que creaban una falsa noche en la cúpula, el grado de luz de la zona terminador parecía afectar al comportamiento de los insectos.

Los técnicos de Nueva Gaia habían teorizado sobre la posible mejora de la adaptación si las abejas pudiesen volar de la zona diurna a la nocturna con regularidad. El experimento no se pudo llevar a cabo dado el tamaño de la colonia, con apenas cuatro cúpulas construidas por la primera misión.

Otras teorías hablaban sobre patologías ya detectadas en abejas terrestres, como la desabejización. La desabejización terrestre estaba provocada, en teoría, por un hongo, o algún disruptor endocrino. Pero en el ecosistema previsto para Gliese no se habían introducido hongos. La flora bacteriana de los colonos y la introducida en la tierra y el agua no contenía elementos patógenos. Calculado y medido al milímetro para favorecer la adaptación al nuevo planeta, cada elemento del ecosistema debía tener un impacto predecible y seguro para el entorno. No era probable encontrar ni agentes infecciosos ni disruptores endocrinos en Nueva Gaia.

Las abejas, por tanto, hasta el último informe, eran el único agente polinizador natural implantado y su adaptación era deficiente. La colonia aún dependía de las máquinas de polinización artificial, dejando poco margen para expandir los cultivos.

Gris tachó una especie de mariposa y una de escarabajos de la lista teórica de polinizadores, sin conseguir encontrar la causa de la no implantación. Tal vez los primeros colonos prefirieron esperar a resolver el problema con las abejas.

Hacía más de veinte años terrestres, más de doscientos de Gliese desde aquel mensaje. Sus pobladores habrían pasado cerca de 7500 días terrestres, marcados por el abrir y cerrar de persianas o los horarios de sueño, en esa zona de luz tenue constante del terminador, desplazándose poco al área de noche y nada a la región inhabitable de día perpetuo. Viviendo años de 36 días, sin estaciones. Las referencias temporales se limitarían a la posición de las estrellas, en la zona nocturna. El único cambio visible en el firmamento serían los planetas interiores del sistema Gliese, surcando el cielo a diferentes intervalos y provocando frecuentes eclipses parciales o totales. Nada muy diferente de la vida en la nave, cuyas rutinas y horarios venían determinados por un reloj.

Gris se pasó la mano por el cabello, aún corto, pero ya suficiente para enredar los dedos. Debería intentar cortárselo de nuevo, antes de llegar. Una vez comenzasen las maniobras de aterrizaje no iba a tener tiempo de ocuparse de un cabello demasiado corto como para recogerlo y demasiado largo como para no molestar. Antes de acostarse sería un buen momento. En cuatro días, cuando se aproximasen a la atmósfera de Gliese 581g, necesitarían reajustar sus rutinas y los tiempos se harían insuficientes.

*

*

*

21

CINCO DÍAS ANTES DE ATERRIZAR

El mensaje del quinto día contenía la buena noticia de haber pasado ya la órbita de Gliese 581d, el planeta en el límite exterior de la zona de habitabilidad. Su destino, Gliese 581g, no solo era visible sino incluso sondeable desde su posición. En doce horas, las sondas darían los primeros datos sobre el porcentaje de oxígeno en la atmósfera o la orografía de la superficie de las zonas escaneadas.

Los cambios, por otra parte, significaban trabajo y el trabajo era positivo. Cuanto más cerca estaban Nueva Gaia y su misterioso silencio, más importante resultaba no tener tiempo para pensar.

—He reducido la velocidad para mejorar la maniobrabilidad —Huang tecleaba en los monitores, enviando señales de sónar hacia la superficie para hacer un barrido—. Es improbable que la zona terminador se haya desplazado, salvo cambios masivos del eje del planeta. Según los informes, hace veinte años no se habían registrado cambios de magnetismo, caídas de meteoritos o movimientos tectónicos con efectos significativos. Las cúpulas deberían estar aún en la región en penumbra.

—¿Estás barriendo solo el terminador? —Tras lavarse los dientes, Gris salía del aseo para darle el relevo en los monitores—. Sería genial poder localizar la nave original, aunque supongo que es más difícil. Según los informes, gran parte de sus materiales y semilleros siguen intactos y aún serían utilizables, si sobreviven a la descongelación.

—La zona oscura es demasiado amplia y la nave muy pequeña. En el momento actual, el sónar nos permite explorarla, pero no tenemos tiempo de hacer un barrido intensivo.

—En las pantallas, se reconstruía una imagen aún imprecisa. Cuando Huang la hacía girar, la zona iluminada, aún no visible desde la nave, era reemplazada por una hemiesfera perfecta y teórica—. Por el momento, si localizamos en los próximos días algún incidente orográfico conocido de la zona oscura, podremos acotar el área de búsqueda.

—Sí, claro. ¡Madre Tierra! ¡Y yo pensando que sabía pilotar!

—Por eso solo eras piloto de reserva y en condiciones normales, habrías seguido en estasis hasta después de aterrizar —Con un suspiro, Huang terminó de enviar emisiones de diferentes ondas en dirección al planeta y se sentó en el ordenador de la base de datos, dejando el puesto de navegación libre—. Yo, por ejemplo, prefiero pasarme horas enviando, recibiendo e interpretando información de las sondas a repasar una vez más listados de bichos. No sé cómo, habiendo nacido en Marte, te fascinan tanto estas cosas.

Aunque le recordase continuamente su origen, al menos Huang no tenía el mal gusto de cambiarle el apellido. Cuando se trasladó a la Shanghái para estudiar su carrera, se cansó de oír el consabido «Y, siendo de Marte, ¿cómo te llamas Gris, y no Verde?». Maldita la hora en que alguien tradujo el significado de «Gris» al chino.

En Shanghái, ver estudiantes de las colonias era excepcional. La población era escasa, la tasa de reproducción, bajísima. Para autorizar a una sola persona a marcharse, debían viajar a la colonia al menos cuatro terrestres. No era difícil conseguir

24

voluntarios, dadas las condiciones de vida en la Tierra, pero pocos tenían un estado de salud como para soportar la vida en Marte. Menos aún en Europa.

En la colonia, dentro de aquellas cúpulas cerradas comunicadas mediante una red de túneles con un pequeño tranvía, a muy baja gravedad, en un paisaje de huertos monótonos sin árboles, los insectos eran sin duda el elemento más interesante a estudiar. Los ocasionales pájaros de las zonas más antiguas resultaban casi escandalosos, en comparación.

En Marte no era posible observar la fauna terrestre o sus bosques, pero existía licenciatura en Ingeniería Agrónoma. El Máster en Terraformación era una de las escasas opciones becadas para estudiar en la Tierra, dadas las limitaciones de la colonia.

Al llegar a Shanghái, Gris pasó las primeras semanas en un centro de adaptación a la gravedad. Durante los primeros meses, si iba a pasar más de una hora de pie o en una silla, necesitaba llevar un traje especial, capaz de suplir la fuerza que su esqueleto y músculos nunca habían tenido. Una vez se habituó, su altura de segunda y tercera generación de colonos, su cuerpo esbelto y sus dedos largos y finos seguían llamando la atención. Su pelo rojizo tampoco ayudaba.

No había más marcianos en la nave-buque Gliese II. Su selección se había debido a su rarísimo perfil profesional, con una especialización en insectos poco común y formación como piloto. Había sido preciso enviar dos terraformadores y tres colonos más a su colonia de origen a cambio, para obtener el beneplácito de su familia.

Durante las sesiones de entrenamiento, el apodo «Verde» se hizo popular. Lo repetían auténticos desconocidos a su paso, reconociendo su cuerpo, dos cabezas por encima de la media, de una delgadez extrema, su piel, macilenta a pesar de las generaciones de mestizaje en su pasado familiar, y su cabello cobrizo.

Huang, sin embargo, nunca usaba apodos para nadie. Por lo general, hablaba poco. Durante la preparación para la misión, era dos años mayor. Tenía licenciaturas en Telecomunicaciones, Ingeniería Aeroespacial e Ingeniería Industrial y experiencia en vuelos espaciales entre las colonias. Había sido muy precoz. Se contaba entre los más jóvenes del equipo de pilotos.

Su cuerpo menudo y fibroso, su complexión y sus rasgos asiáticos le daban una apariencia juvenil incluso ahora, habiendo sobrepasado de largo los cuarenta años. Los colonos de Marte solían parecer ancianos a su edad, avejentados por la menor exposición solar, la escasa gravedad, el trabajo físico constante y los embarazos frecuentes.

Cuando Gris salió de la criogenización, Huang llevaba trabajando quince años. Quince años de envejecimiento sin más compañía que su copiloto. Quince años sin saber de otros seres vivos salvo por mensajes con años de retraso. En su mayoría, información sobre el estado de colonos, semillas, huevos, algas o insectos, o viejas noticias del Sistema Solar.

—¡No exageres, Gris! El plan era pasar casi tres décadas con mi copiloto, en una nave espaciosa, recibiendo como mucho mensajes antiquísimos de otras personas. ¿Sabes lo que supone eso, habiendo crecido en Shanghái? El espacio y el silencio son un lujo que los colonos no valoráis.

—Pero tantos años… Y renunciar a tener hijos, cultivar la tierra…

—Tampoco habría podido cultivar mucha tierra en la Tierra, irónicamente —Huang mordió su tubo de comida—. Los requisitos de salud para conseguir vivir en las reservas son más exigentes que para las colonias, incluso.

—Lo sé. Intenté conseguir visitar una reserva durante mis estudios. No hubo manera —«No hubo manera» era un resumen mínimo de las toneladas de documentos y las horas de pruebas médicas requeridas—. 	Si tu flora bacteriana contiene un solo germen que no sea parte del ecosistema, no te permiten entrar. Casi imposible, haciendo la petición desde una ciudad.

—¿Ves? Yo quería irme a vivir al campo. Pero ni me dejaban irme a la reserva porque soy un riesgo para su fauna, ni me dejaban vivir en una colonia por mi esterilidad. Lo de ser piloto de Gliese II fue una lotería.

Llamarlo una lotería era infravalorar sus habilidades, pensó Gris. Cualquier misión para la que no fuese preciso reproducirse habría contratado a Huang sin pensárselo. Y si, encima, pretendía pilotar sin hablar con nadie durante décadas y ocuparse del complicado aterrizaje, le habrían abierto los brazos encantados.

Para Gris, el silencio y el aislamiento eran una tortura. Tal vez el bullicio y el rugido constante de la ciudad fuesen excesivos, pero aquel silencio sin aleteo de insectos ni agitar de hojas resultaba casi fúnebre. Algunos ruidos solo se perciben cuando faltan.

Con un pequeño gruñido, Gris estiró los brazos sobre su cabeza antes de continuar.

—No sé para qué me molesto en revisar tu trabajo en busca de errores. ¿Te equivocas alguna vez?

—Todavía hay profesores de la facultad intentando averiguarlo. O los había cuando partimos. Y los últimos quince años me han dado para estudiar mucho —Con un mohín, Huang deslizó el dedo por su monitor, pasando de página—. La verdad, solo echo de menos el contacto humano por todos los avances en mi campo que puedo haberme perdido en estas décadas.

—Con todas esas cosas terrestres que dices echar de menos, nadie lo diría. Como los árboles o los gatos.

—Mi bisabuela tenía un gato. Me pasé media infancia pidiendo uno a mis padres, pero en Shanghái, como en la mayoría de grandes ciudades, no se permitían —Al hablar de gatos, Huang se rascaba con suavidad tras la oreja. Según contaba, los felinos se dejaban acariciar así cuando estaban tranquilos—. Mi bisabuela falleció y supongo que también el gato, pero me habría gustado poder vivir en su casa. Echo de menos los gatos, las naranjas, el agua. Pero no la gente. Si no hubiese sido esta misión, me habría ido en otra, lejos de la Tierra y su superpoblación.

Gris dio por terminado el repaso de las sondas y cambios realizados por su copiloto. No, Huang no cometía errores. De haber seguido en la Tierra, o en Marte, en contacto con las mentes más brillantes de su época, a saber qué maravillas habría conseguido. Pero había optado por Gliese, cuando tuvo la opción, como parte del equipo de pilotos.

De haber podido elegir esta última vez, se habría quedado en la nave-buque Gliese II, a más de diez años de la llegada al planeta, en un buque inmenso con pocas interacciones humanas. Sin embargo, de las dos personas despiertas en ese momento, era la mejor opción para una misión exploratoria y para guiar la lanzadera.

Del mismo modo, con titulación en terraformación y experiencia de vuelo no había nadie más que Gris. Aunque Gris hubiese preferido llegar a Gliese 581g con las semillas, los huevos y las lombrices.

*

*

*

CUATRO DÍAS ANTES DE ATERRIZAR

Elaborar el mensaje del día había sido más largo y había requerido la colaboración de ambos. Huang había interpretado los datos de las primeras sondas sobre la composición de la atmósfera y la orografía de la superficie. Con ellos, había comparado la geografía detectada con la conocida del aterrizaje previo. No se habían detectado cambios significativos. El área de búsqueda de la nave Gliese I y las primeras cúpulas se había reducido a unos pocos cientos de kilómetros cuadrados, gracias a una cordillera, un gran lago y la planicie donde, en teoría, se debería encontrar la nave-buque original.

En el siguiente turno, Gris había comparado los datos preliminares de composición atmosférica respecto a los esperados para esa fase. Los niveles de oxígeno se habían elevado de forma inapreciable desde el último informe, menos de un uno por ciento en total. El dato era descorazonador. Indicaba un crecimiento de las algas inferior al esperado. De confirmarse en las siguientes mediciones, podrían esperar detectar algas en varias fuentes de agua dulce cercanas a la colonia, con una adaptación adecuada pero no perfecta. Nada o casi nada en agua oceánica y ningún liquen aún en superficie.

Según los informes de la misión, de las fuentes de agua cercanas a la colonia, una era casi potable ya al inicio. Las otras contenían porcentajes de metales tóxicos para el ser humano o, incluso, para las algas. Requirieron tratamiento previo. Se habían realizado dos incursiones hacia otras masas de agua, más distantes, algunas en grutas, con intención de implantar especies fluorescentes adaptadas a casi nula luminosidad, y otras en el mismo terminador. Se desconocía el resultado de ambas. En la región diurna solo sería posible implantar algas en aguas subterráneas, al menos hasta conseguir descender la temperatura media y crear áreas de sombra. En la región nocturna el agua superficial estaba congelada.

—Con estos datos en mano, ¿qué esperarías recibir de banquete de bienvenida? —Desechando el tubo de comida recién ingerido en su compartimento de reciclaje, Huang procedió a abrir otro de gelatina para tomar el líquido pertinente—. Agua potable en líquido, como poco, estaría bien.

Gris no respondió. La respuesta real le daba miedo. Tal vez no hubiese nadie para recibirlos. Tal vez no quedase nada recuperable y se enfrentasen a un aire irrespirable, escasas aguas potables y la ausencia absoluta de comida cultivada. En el peor de los casos, si ni siquiera de los restos de la colonia o la nave se podía recuperar comida viable, dependerían de los recursos de aquella pequeña lanzadera para sobrevivir.

—Sígueme la broma un rato, anda —insistió Huang tras lavarse los dientes, también en seco—. A ver, ¿nos habrían dado un festín de patatas e insectos? En un alarde de optimismo, ¿un pescado, tal vez?

—El único insecto implantado fueron las abejas, con no muy buen resultado. Probablemente se hayan extinguido ya —Gris se desabrochó el cinturón, dejando el puesto de control libre, y pasó a las máquinas de ejercicio—. Los peces, salvo sorpresa, solo los había en uno de los estanques artificiales de las cúpulas y también sin demasiada fortuna. Yo votaría en el mejor de los casos, por dos o tres verduras. O algas.

—Dos o tres verduras, agua líquida, tal vez algas. Suena casi parecido al banquete de despedida en la Tierra.

—¿Tus comidas habituales en la Tierra eran mucho más variadas? —Podría haber recitado los informes de memoria, se recordó mientras se ataba al arnés de flexiones—. No recuerdo haber comido dos verduras diferentes en la misma comida muchas veces. Ni en Marte ni en la Tierra.

—Ni yo, salvo cuando visitaba a mi bisabuela en el campo.

—¿La del gato?

—La del gato, sí —Ocupando su lugar en el puesto de control, Huang se abrochó el cinturón y comenzó a teclear—. No recuerdo mucho, pero me contaron que allí probé el pollo y las naranjas por primera vez. Más mayor, a veces nos enviaba naranjas, en temporada. ¿Sabías que solo dan cosecha una vez al año, en invierno? Yo estaba acostumbrado a los invernaderos de ciudad y sus cosechas constantes. No entendía por qué las naranjas solo llegaban una vez al año.

— ¡Pollo! ¡Qué lujo! —Desde la máquina de flexiones no era fácil pronunciar frases largas—. Con suerte… gorriones… cuando había…demasiados…en Marte.

—Bueno, en la ciudad no era muy diferente. La comida habitual eran las verduras cultivadas en ventana o azotea o los invernaderos a varias alturas de los suburbios. Teníamos más variedad que Marte, pero la carne y el pescado eran raros —Huang estiró el cuello, con los ojos cerrados, unos segundos—. ¿Sabes qué decía mi abuela? Que no había ya gatos en las ciudades, ni en la Luna o en Marte, porque les habían dado a elegir y los gatos eran más inteligentes que los humanos.

La carcajada casi hizo perder a Gris el control de la máquina de ejercicio. Sí, de haber podido elegir, también se habría quedado en los escasos campos y bosques de la Tierra, con los gatos. Y la bisabuela de Huang.

Había conocido a sus propios bisabuelos en pantalla, en

mensajes pregrabados y llegados con retardo desde la Tierra. Nacidos y crecidos en diferentes grandes urbes, aun así hacían comentarios similares sobre Marte. «Te diría de cocinar esa verdura con pimienta, comino y aceite, pero en Marte soléis usar especias exóticas, como... ninguna». De sus abuelos, solo los maternos vivían en Marte, en otra colonia.

—Entonces, ¿has visto el campo, en la Tierra? —Gris cambió la postura de la máquina para trabajar las piernas — ¿Cómo es?

—Hace muchos, muchos años. Antes de que endureciesen las restricciones —En la pantalla, ante Huang, desfilaban columnas de cifras y fórmulas a gran velocidad—. No lo recuerdo. Recuerdo el gato, tan solo.

—¿Y mercados? —La resistencia de la máquina de ejercicios, en teoría, se acercaba ya a la de una gravedad 1,5 g. Costaba moverla—. Solo los he visto en fotos.

—Y yo. A día de hoy, en las ciudades, se compra por internet. Haces el pedido y el invernadero, la fábrica o el almacén de turno lo envían a tu domicilio. Hay pocos almacenes y casi ningún mercado —Incluso en la Universidad, había poca gente capaz, como Huang, de estar interpretando y creando ecuaciones de gran complejidad y al mismo tiempo hablar de temas banales—. En el campo y las reservas, hasta donde sé, es similar. Tampoco he visitado los grandes invernaderos o un bosque. Las visitas están restringidas. Al campo, a ver a mi bisabuela, no pude volver desde los ocho años. También lo restringieron.

Mientras ejercitaba los brazos contra la espaldera, Gris repasó su conocimiento de primera mano de las colonias marcianas y la Tierra. Apenas había salido de su colonia hasta pasar a la Universidad. La educación obligatoria se hacía a distancia y no precisaba desplazamientos, pero algunas prácticas universitarias requerían visitar las cúpulas de mayor tamaño y los ecosistemas más complejos del planeta. En la

Tierra, no había podido salir del complejo universitario de Shanghái. Siendo grande, con cultivos diversos, varios edificios e incluso la frivolidad de pequeños jardines o invernaderos de plantas no alimenticias o ecosistemas y especies exóticas, ese había sido todo su contacto con el planeta original.

—La verdad, nunca pensé que sería posible echar de menos beber agua, en lugar de gelatina, o comer patata modificada a diario —Huang se estiró, una vez guardados y enviados los nuevos datos—. Las naranjas sí. Esas sí puedo entenderlo.

—Los terrestres estáis mal acostumbrados —dijo Gris, separándose de la máquina de ejercicios para engullir su pasta y su gelatina—. Los líquidos son un privilegio de quienes vivís con atmósfera y gravedad de 9,8 m/segundo2.

—Espérate a la gravedad de 14 m/segundo2 y me hablas de privilegios.

—Al menos podrás probar agua líquida, en Gliese — Gris comenzó a atar sus piernas y brazos para la siguiente ronda de ejercicios—. El cultivo hidropónico de algas de la nave podrá filtrar tanto la lluvia como el agua de algún río cercano, incluso si las algas de Gliese I hubiesen muerto. Y, cuando se acabe la comida en tubo, podrás degustar el delicioso excedente de algas que tendremos con el aporte extra de agua y luz solar.

—¡Ugh! Apetecible, sí. Tendremos luz solar veinticuatro horas al día, agua potable y algas para cansar a un pez —Huang parpadeó un segundo más de lo necesario ante la evocación—. ¿Qué más podría desear un sapo cualquiera?

—Los sapos son carnívoros…

—Al menos se bañan a diario. Algo es algo.

*
*
*

TRES DÍAS ANTES DE ATERRIZAR

El mapeo de la zona del aterrizaje de la nave-buque Gliese I estaba completo a tres días de la llegada. La nave, demasiado pequeña, aún no era detectable. Pero con los datos de los informes podían establecer una predicción bastante precisa de su posición y de la localización de las cúpulas. El ordenador escaneaba ahora el terminador cercano en busca de áreas planas donde aterrizar.

—No sé para qué seguimos buscando señales de radio o luminofrecuencia. Si estuviesen emitiendo, ya tendríamos algún mensaje, salvo que solo puedan usar aparatos de corto alcance —Huang se retiró los auriculares y continuó leyendo los monitores—. En cuyo caso no tendremos nada hasta llegar a la superficie. Y desde nuestra entrada al sistema Gliese los receptores captan muchas más interferencias. No causan confusiones, pero resultan molestos.

—Yo tampoco. A estas alturas si quedase algún humano vivo en Gliese 581g, habría perdido la capacidad de comunicarse a gran distancia —Gris se deslizó hasta el puesto de lectura—. O igual nos verían como seres de otra especie.

—A ti, seguro. Ellos deben ser, de media, más bajitos y corpulentos que los humanos crecidos en la Tierra. En la época de la partida de la primera nave, los colonos marcianos no solían salir del planeta rojo.

La diferencia de altura entre alguien nacido en Gliese o en la Tierra debía ser menor que entre un marciano y un terrestre. En muchos casos, importaría más la herencia genética individual. La complexión sí podría haber variado más. La pigmentación, por ejemplo, en tan pocas generaciones, dependería aún mucho de la mezcla de razas original. Pero ya se notaría el efecto de la luz de enana roja en crepúsculo perpetuo, produciendo en los colonos una cierta palidez.

Sí sería una sorpresa para aquellos humanos antiguos y sexuados descubrir la existencia de hermafroditas fértiles. La mutación, artificial, fue creada de cara al tercer viaje de colonos hacia Europa. La baja tasa de natalidad en la luna requería un tipo diferente de colono hasta avanzar la terraformación. Algunos de los niños nacidos por este sistema presentaban defectos médicos leves al nacer y fueron descartados para la misión. Sus descendientes, si eran también hermafroditas y estaban sanos, eran colonos forzosos. La Tierra, al contrario que Europa, no podía asumir una natalidad excesiva.

El padre de Gris, o, digamos, quien prestó su esperma en su fecundación, era hermafrodita, como Gris, uno de sus hermanos y tres hermanastros. Fuese como macho o como hembra, había tenido un total de quince descendientes. No se conocían casos de autofecundación hermafrodita, por suerte. En entornos tan poco poblados como las colonias, habrían reducido mucho la variabilidad genética.

Gris había vivido su condición como una maldición toda su vida. Aquella fertilidad excesiva, aquella salubridad completa, lo condenaban a la vida de colonias, sin posibilidad de recorrer el Viejo Mundo y sus bosques y selvas.

—Vosotras también —solía decirles a sus abejas allá por los nueve años, cuando, ya tan joven, había conseguido ocuparse de varios panales de forma regular—, también preferiríais conocer otras flores, otras plantas. Recorrer praderas y bosques bajo el sol de la Tierra, fuera de las cúpulas. ¿Verdad, mis amigas?

Los primeros humanos de Gliese eran todos fértiles, todos sanos y con un aparato genital completo, masculino o femenino. Podían ser portadores de algunas condiciones hereditarias, aún no detectables en aquella época. Raras y en su mayoría de escasa relevancia. Habían pasado su proceso de higienización, eliminando potenciales patógenos y dejándoles tan solo una flora bacteriana inocua al cien por cien para todos. Ningún portador sano de nada conocido y detectable por aquel entonces.

El nuevo equipo, en ese aspecto, resultaba aún más higiénico. El material genético de cada uno había sido estudiado casi base a base y habían sido limpiados de toda flora bacteriana salvo la diseñada en laboratorio, testada para ser eficaz, no permitir desequilibrios si variaba la alimentación, predigerir con mayor eficacia la dieta habitual de las colonias y, sobre todo, ser incapaz de mutar. De ese modo se eliminaba el riesgo de patógenos futuros.

¿Cómo entonces, con individuos tan seleccionados y un entorno tan controlado, era posible lo que parecía una epidemia, iniciada entre cuarenta y cincuenta años después de aterrizar?

—De quedar humanos en Gliese, deberíamos aproximarnos a ellos con cautela —propuso Gris—. Si sus mensajes eran indicativos de algo, muchos de ellos pueden tener esquizofrenia o algún otro trastorno alucinatorio.

—¿La esquizofrenia no es hereditaria? —Huang se sujetaba en ese momento a la pared de ejercicios—. Sería como para plantearse cómo se han reproducido en la colonia. O con qué criterios seleccionaron los colonos originales.

—Parecen más bien delirios inducidos —Los conocimientos médicos de Gris eran limitados, pero habían consultado la base de datos de la nave-buque sobre medicina antes incluso de partir en la lanzadera y elaborado una lista de posibles causas—. ¿Una fuga en las cúpulas capaz de reducir el porcentaje de oxígeno gradualmente? ¿No consiguieron producir en suficiente cantidad la patata rica en vitamina B12? Era de los primeros vegetales a implantar y de los más experimentados en otras colonias.

—¿Por qué patatas? —Exhaló Huang, estirando las piernas al máximo, separándose de la pared contra la resistencia elástica— ¿Qué tal chocolate?

—La semilla del cacao no es comestible sin procesar. Es bastante tóxica y no sabe a chocolate.

—Cacao modificado. —Propuso, entre estiramientos—. Para ser comestible. Nutritivo.

—Técnicamente, más complejo y menos eficaz que modificar patatas para convertirlas en alimentos completos —Gris abrió por enésima vez la lista de vegetales del último informe. Todos evolucionaban peor de lo previsto, pero la patata estaba entre los viables—. A todo esto, ¿acaso tú has probado chocolate?

—No. Ni café —Desabrochándose las sujeciones para cambiar de ejercicio, Huang ajustó de nuevo la resistencia de la máquina para trabajar brazos—. Pero mi bisabuela decía: «si te gustan las naranjas, espera a probarlas con chocolate».

—Tal vez en la quinta o la sexta oleada de colonos traigan chocolate. Y gatos.

—Por eso... se volvieron... locos —exhaló Huang, terminando sus flexiones—. Ni chocolate... ni gatos... ni café...

—Ni mariposas, ni cucarachas, ni lombrices, ni fresas, nabos o tomates.

Huang soltó una carcajada, deteniendo por un momento su ronda de ejercicio, y se sujetó a su arnés.

—¡Locura por falta de lombrices! ¡Esa sería buena! —respondió al fin.

La enfermedad mental, en cualquier caso, era el mayor desafío. Al inicio apenas se detectaban algunos comentarios extraños. Alguien creía percibir por el rabillo del ojo una sombra donde no debería haber nadie. Otra persona se levantaba percibiendo los colores de una habitación alterados e iba mejorando a lo largo de días o meses.

Poco a poco fueron pasando a acusar a otros colonos de tocarlos y esconderse, de despertarlos a deshora, de perseguirlos u observarlos. Alguien comentaba escuchar señales de radio de la Tierra en la cabeza. O haber visto, ahora con claridad, a una criatura extraña saludando desde fuera de la cúpula. Alguno de los informes insistía en la presencia de seres bípedos en el exterior y en la necesidad de contactar con ellos. Se dispusieron cámaras hacia el exterior y, al parecer, jamás se filmó otro movimiento que los meteorológicos.

En los últimos informes, varios colonos habían fallecido al salir de su cúpula sin equipamiento adecuado, según los testigos, persiguiendo una alucinación. Por suerte el sistema de compuertas de las salidas evitó problemas mayores. La mayoría de los fugados no recordaron comprobar si habían cerrado al salir. Dos personas perdieron la vida en reyertas, cada vez más frecuentes y violentas. Tres se suicidaron.

—¿Y si tenían razón? ¿Y si de verdad había alguien fuera? —Huang se colocó para la última tanda de ejercicios de espalda—. Alguien bien adaptado a la atmósfera de Gliese 581g.

—En Gliese solo había formas de vida unicelulares, muy escasas. Las *Gliesedonia* —Seres unicelulares de biología incompatible con la terrestre, decían los análisis de las primeras sondas. No podrían actuar como mutágenos ni como patógenos sobre criaturas terrestres. Y en teoría el exceso de oxígeno podría eliminarlas—. Los colonos lo confirmaron, al llegar.

—El planeta es amplio. Podrían vivir en zonas inexploradas de la región insolada o la nocturna —comentó Huang, apretándose las cinchas—. O igual eran colonos de otro planeta.

—Según los informes, las cámaras perimetrales no captaron nada. Aparte, las temperaturas de la zona oscura y la diurna son incompatibles con la vida.

La posibilidad de no encontrar a nadie, de no hallar restos de la colonia, era terrorífica. Gris no sabía si tropezarse con alguno de los últimos colonos, demenciados y delirantes, podía ser aún peor. ¿Qué creería uno de esos colonos, convencido de haber visto en el exterior de la cúpula a un alienígena, al encontrar a un marciano de más de 2 metros de altura en un moderno traje de soporte antigravitatorio? ¿Qué impresión les produciría su pequeña y funcional lanzadera, tan diferente a las mastodónticas naves de su época?

—Tal vez habría sido buena idea enviarnos con algo de chocolate, para apaciguar a los colonos —murmuró entre dientes—. Si queda alguno.

—Si hubiesen enviado chocolate, me lo habría comido —Huang cogió su tubo de comida del dispensador—. Incluso sin procesar. Con tal de cambiar de menú.

*

*

*

DOS DÍAS ANTES DE ATERRIZAR

La lanzadera se encontraba ya en órbita alrededor del planeta, esperando a confirmar el lugar de aterrizaje y a alcanzar la ventana de entrada apropiada. Según los datos de la sonda, la planicie más cercana a las cúpulas, dentro de la zona terminador, se encontraba varias decenas de kilómetros al norte de estas.

Era fundamental aterrizar en el área crepuscular, en una zona elevada y bien insolada, para garantizar energía suficiente para el mantenimiento de los equipos de exploración, los aparatos de telecomunicaciones, las computadoras y, sobre todo, los sistemas de mantenimiento vital. El motor de fusión se reservaría para situaciones de emergencia.

La llegada de la Gliese II aún tardaría casi una década y desconocían el estado de la colonia en ese momento. Durante meses o años dependerían de los recursos disponibles en aquella pequeña nave, la luz solar, el agua filtrada, las algas del pequeño cultivo y el oxígeno que filtrasen y lo que pudiesen recuperar de Nueva Gaia. Si algo era aún recuperable. Sus reservas de alimento serían cada vez más monótonas.

Los informes de la misión original sobre la composición del terreno y el subsuelo eran escasos. Habían explorado la región cercana a las cúpulas en busca de terrenos cultivables, arenas y lodos útiles para la agricultura, ricos en carbono y nitrógeno, y fuentes de agua superficiales o subterráneas cercanas. La meseta, por ejemplo, había quedado fuera de su rango de búsqueda. Hasta estar más cerca, las sondas no podrían recoger datos fiables sobre la estabilidad del suelo en ese punto.

—Y los datos de las sondas exploratorias iniciales tampoco son muy útiles. Gliese I aterrizó casi quinientos kilómetros lejos de su punto previsto, en la zona oscura y más al norte —No obstante, por si acaso, Gris comenzó a repasar la información—. Las muestras de las misiones exploratorias deberían corresponder al área de llegada prevista, y no la real. También lejos de nuestra meseta.

—Prefiero los aterrizajes en la Tierra. Apuntas al océano, a un área amplia sin rutas marítimas, y la nave la recupera la autoridad espacial correspondiente. —En una pantalla, Huang repasaba los escáneres de superficie para estudiar la orografía, aún poco precisa, de la zona. En otra, analizaba el listado de zonas exploradas por robot sonda en las misiones exploratorias—. En la academia contaban el caso de una de las primeras naves en llegar a Europa que, por un error de maquinaria, necesitó cambiar el punto de aterrizaje y cayó sobre una roca porosa de baja resistencia. Casi no lo cuentan.

—Bueno, nuestra lanzadera es ligera y no recuerdo haber leído nada de pantanos o arenas movedizas en Gliese 581g. ¡Ajá! —Gris se apartó lo justo para dejar ver su pantalla a su copiloto—. Listado de rocas, minerales y suelos, con sus localizaciones de origen, muestreados y analizados tanto en la fase exploratoria y como alrededor de la colonia. Recordaba haberlo ordenado antes —Con un deslizamiento de los dedos en la pantalla, pasó la información a un monitor frente a Huang—. Si conseguimos evitar masas de agua o zonas húmedas, sería raro tener problemas. Aunque aterrizásemos sobre una región de grutas calcáreas, sería improbable derrumbar la bóveda con nuestro peso y probablemente nos daría tiempo a mover la nave unos metros antes del colapso.

—Nunca me ha gustado aterrizar a ciegas y en este caso va a ser inevitable. En teoría en la región explorada y cerca de la colonia no había actividad volcánica, ¿no?

—Volcánica, no; sísmica de moderada intensidad, sí —En alguno de los informes hablaban de un par de pequeños terremotos, sin consecuencias graves, según sus estimaciones, sería el equivalente a un 2-3 en escala de Richter en la Tierra—. Al parecer, desde la misión exploratoria hasta la llegada de Gliese I esos movimientos afectaron a una masa de agua que debía haberles servido como guía y ya no estaba en superficie.

—Lo recuerdo. No tan moderado, si genera grietas capaces de drenar un pequeño mar —Huang repasó de nuevo las lecturas orográficas—. Los datos son insuficientes para prever la composición del suelo, pero la superficie de la meseta es perfecta, si se confirman las lecturas.

En las lecturas, la concentración de oxígeno de la atmósfera se confirmaba similar a la original del planeta. El efecto de las algas había sido inapreciable. A esas alturas la atmósfera no debería haber sido respirable. No aún. Pero sí un poco más rica en oxígeno.

Por suerte, la lanzadera y su pequeño tanque de algas estaban preparadas para la eventualidad. En condiciones de oscuridad crecían a velocidad controlada, pero con la tenue luz solar de Gliese tendrían capacidad para filtrar el aire y el agua para tres personas y producir un modesto excedente de alimento. Mientras tanto, al aterrizar, los concentradores de oxígeno ajustarían la atmósfera interior y podrían guardar la reserva de gases respirables para posibles emergencias futuras.

Del mismo modo, la insolación constante del terminador les permitiría mantener sus sistemas en funcionamiento con las placas solares orientadas a la zona diurna. Las posibles nubes y tormentas eran breves, según los datos conocidos, y pronto se disipaban. Las baterías podrían aguantar esos intervalos sin luz suficiente.

Si no había nadie, pensó Gris, podrían mantenerse, mejor o peor, con o sin recursos de la colonia, con suerte hasta la llegada de la nave-buque Gliese II. Tendrían tiempo, en cualquier caso, para investigar lo sucedido y enviar un informe a la nave, para prepararlos. Tal vez para buscar posibles soluciones.

Si aún quedaban colonos, si aún había alguien incapaz de comunicarse y sobreviviendo en las condiciones del último mensaje o peores, podía ser mucho más difícil.

—¡Mira! Casi he acotado la zona del accidente de la primera nave —anunció Huang—. No servirá de nada, pero como curiosidad…

—Sí sirve. Si no encontramos materiales reutilizables en la colonia, tal vez necesitemos usar lo que quede en la nave-buque.

—Congelado desde hace siglos.

—Pero no afectado por lo que quiera que ocurrió en la colonia.

Gris se giró hacia el monitor donde se mostraban los datos de escaneo de superficie. Dividiendo la pantalla en dos, intentó compararlos con datos conocidos de misiones previas. Las naves de exploración del siglo XXI habían recorrido varias órbitas alrededor del planeta recopilando imágenes y datos. Aun así, la información era escasísima, comparada con los abrumadores datos de vuelo disponibles para los viajes dentro del Sistema Solar.

No por primera vez, Gris se preguntó si no habrían pecado de imprudentes al iniciar la colonización de un planeta con informaciones tan parciales y fragmentadas sobre él. Los avances tecnológicos y la superpoblación en la Tierra podían haber conducido a un optimismo excesivo respecto a Gliese 581g.

Con esfuerzo, localizó al menos dos puntos presentes en los datos de las sondas y en su pantalla actual. Eran suficientes para confirmar el curso correcto de la nave y modificar su órbita algo menos de un grado. El día siguiente, ya sobre la zona terminador, tendrían con seguridad datos más útiles.

Desde el otro puesto de navegación, se escuchó el clic del cinturón de Huang al desabrocharse. Tocaba su ronda de ejercicio. Ese día se había saltado al menos los estiramientos matutinos y, según el plan, deberían estar ejercitando aún más, tan cerca de la llegada.

Mientras desde la pared comenzaba a escucharse la retahíla habitual de añoranzas, Gris volvió a comprobar de forma sistemática el estado de los equipamientos. Motores. Combustible de fusión. Placas solares para la navegación. Soporte vital. Integridad del casco. Sistemas de navegación…

Las dos listas, la de elementos terrestres y la de elementos a controlar de la nave, se superpusieron en su rutina habitual. Bendito ruido de la rutina, capaz de espantar los fantasmas del futuro inmediato por unos segundos.

Los ejercicios y la comprobación de equipamientos se prolongarían semanas, tal vez meses si no conseguían contactar con la colonia. Las comidas en pasta podían continuar un par de años, en el peor de los casos, y las algas varios más. En un caso no tan malo, tal vez hubiese materiales y semillas aún viables. La colonia… No, era mejor no pensar en la colonia hasta tenerla delante.

Las lecturas de sondas e informes pasarían a análisis de muestras, videos de las cúpulas, grabaciones de sonido, testimonios. Las rutinas de navegación serían sustituidas por las de envío, control remoto y recepción de robots de exploración. O misiones exploratorias en persona, cuando estuviesen preparados. Entonces sería el momento de recuperar todas esas hipótesis apenas esbozadas y comenzar a ordenarlas, aceptarlas, descartarlas. Entonces, con la evidencia delante, tendría sentido tener miedo o no.

Tal vez el agua en líquido, ese extraño lujo terrestre, fuese el único cambio palpable en mucho tiempo. Las zanahorias, dulces o picantes, aún tardarían, aunque no tanto como los gatos.

*

*

*

UN DÍA ANTES DE ATERRIZAR

Al aproximarse al terminador, la información comenzó a ser más precisa, confirmándose algunas montañas, una llanura fluvial, el cauce de un pequeño mar interno casi desecado, más al sur, o la meseta prevista. La amplitud de la planicie y su elevación permitirían, en un futuro, acoger también la nave-buque Gliese II, de tener suficiente estabilidad para ese peso. Los ejercicios se habían suprimido hasta aterrizar. Salvo para los descansos mínimos necesarios, eran precisos ambos pilotos en el puesto de control. La llegada de datos de las sondas, su reinterpretación y el ajuste de la ruta según las temperaturas, las corrientes de aire, el clima previsto u otros elementos, como tormentas de arena o nubes capaces de afectar a las lecturas, eran constantes.

—Aún es necesario confirmar su trayectoria, pero hay una masa de nubes avanzando desde la zona iluminada hacia el terminador —comentó Huang—. En el momento actual podríamos librarnos de ella por unas decenas de kilómetros o tenerla sobre la meseta mañana a las 12:00, hora de Shanghái.

—¿Ves probable que descargue en la falda de la meseta?

—En ese caso, podría interferir con el proceso de aterrizaje, sobre todo si tiene componente eléctrico —Los dedos de Huang se deslizaban en una danza vertiginosa sobre teclados y pantallas—. En la mejor previsión, no nos afectaría por poco. Yo recomendaría iniciar las maniobras de descenso cuatro horas antes de lo previsto, para evitar problemas.

—Nuestra nave es pequeña, pero la tormenta debería ser casi un tornado para afectar a su estabilidad —En la academia, Gris recordaba haber ejercitado aterrizajes en condiciones atmosféricas adversas. No extremas, pero sí adversas—. Acortar el plan de vuelo en cuatro horas puede suponernos aterrizar con menos información de la recomendable.

—Una tormenta con carga eléctrica no alteraría la estabilidad o la conducción de la nave, es cierto. Sin embargo, puede afectar a las lecturas de las sondas — Con un clic, Huang se soltó un segundo de su asiento y se dirigió al área de comidas. Regresó en breve, tendiendo un tubo de comida y una gelatina a su copiloto—. Y no me gustaría aterrizar sobre suelo embarrado o lleno de charcos. Mejor ir comiendo ya, para empezar los preparativos.

En Marte no había tormentas. No de agua, en todo caso. Ni océanos. Siempre se aterrizaba en suelo firme, llano y sobreelevado, conocido tras siglos de exploración. En Europa el agua de superficie estaba helada. Las naves de pequeño peso podían aterrizar sobre cualquier área sin problema. Las más pesadas debían utilizar los mapas de profundidad para evitar posarse en capas demasiado finas sobre el océano subterráneo. Sin embargo, no existían tormentas. Solo en la Tierra el clima podía suponer un problema y la mayoría de fenómenos meteorológicos relevantes estaban previstos con precisión mucho antes de iniciar un vuelo.

En viejas novelas se describían los estragos causados por el clima terrestre en barcos, ciudades, playas, puertos, orillas de ríos desbordados… En el presente, dichos eventos se conocían con antelación y las construcciones humanas estaban diseñadas para resistir las más frecuentes en su zona.

La lluvia, a ojos de Gris, era uno de esos milagros de un planeta con agua líquida, siempre vista a través de ventanas, nunca experimentada sobre la piel, nunca un problema, ni siquiera menor. La lluvia ocurría en ese exterior apenas explorado creando, como mucho, una percusión arrítmica y una ausencia de aves e insectos en los jardines, silencio en los invernaderos y una tregua temporal frente a la brillante luz de Shanghái.

Según los informes, las tormentas en la región explorada de Gliese 581g venían de la región iluminada y descargaban a lo largo del terminador, conforme bajaba la temperatura. Del área oscura podían llegar vientos gélidos, por lo general sin agua, congelada en esa cara. La confluencia de una masa de agua evaporada del área insolada y una corriente fría de la oscura sobre el terminador generaban fenómenos más violentos, con frecuencia sobre las montañas al este del valle de la colonia inicial, en el límite con el área iluminada. En otras regiones del terminador tal vez no hubiese elevaciones protectoras y las lluvias fuesen más abundantes y frecuentes.

Se habían descrito raras inundaciones durante los primeros años de la colonia. Fugaces y predecibles, habían obligado desviar y ampliar el cauce de un río cercano apenas unos metros. En un futuro, tal vez un sistema de presas pudiese garantizar un flujo constante de agua a las áreas de cultivo. Por lo demás, Gliese 581g, gracias a su eje no inclinado y su rotación sincrónica, apenas presentaba variaciones significativas. La navegación debería ser más sencilla que en la Tierra.

El clima, aquel enemigo de los humanos en la Tierra cuando exploraban nuevos territorios, no debería pasar de un problema menor en Gliese. Aunque alguno de los colonos, en los mensajes menos comprensibles, asegurase haber visto todo tipo de fenómenos extraños en aquel cielo por lo general estable y predecible.

—Mira: el sistema ya ha localizado la nave original —La pantalla mostraba una reconstrucción de la orografía de la zona oscura en la misma latitud que la colonia, unos cientos de kilómetros más lejos.

—¿Está muy dañada? —preguntó Gris.

—Probablemente, según los informes de los primeros colonos, ¿no?

—Pero, ¿no podemos ver si se ha deteriorado mucho, o si ha colapsado?

—Está en la zona oscura —Huang estiró los brazos sobre su cabeza, haciendo chasquear los dedos, antes de cambiar de pantalla—. No se ve una mierda. La he encontrado rastreando los materiales mediante sondas de superficie. Habría usado los infrarrojos, pero…

—Pero la carga está congelada y tal vez muerta. ¿Y en la colonia? ¿Emite la colonia en infrarrojo?

—La colonia y sus alrededores emiten algo más que el resto del terminador. Es muy tenue. ¿Pueden ser colonos?

—O verduras, o algas… —Gris respiró hondo repasando la lista de vegetales implantados por enésima vez—. ¡Hasta las *Gliesedonia* emiten en infrarrojo!

—Pues en nuestra meseta debe haber pocas. Es de las zonas con menos emisiones. Al menos tenemos la certeza de no encontrarnos a ningún colono loco esperándonos al aterrizar.

Tras engullir la pasta y la gelatina, ambos ajustaron el curso previsto para reducir el aterrizaje en cuatro horas, como proponía Huang. Redujeron la velocidad para comenzar el descenso de un modo más vertical y rápido, ajustando la trayectoria alrededor de la masa de nubes.

Enviaron hacia la nave-buque un mensaje con los cambios realizados y su por qué. Si todo iba según lo previsto, no habría nuevas emisiones hasta varias horas después de aterrizar, dependiendo de cuánto interfiriese la cubierta de nubes y la posición planetaria con su posibilidad de enviar mensajes lumínicos.

Una vez prevista la maniobra de aterrizaje, Gris se levantó para lavarse los dientes y acostarse antes de su último sueño de dos horas. Al día siguiente, veintitrés de marzo de 2354, a las tres y dieciséis de la mañana, hora de Shanghái, se posarían sobre la superficie de Gliese 581g.

*

*

*

ATERRIZAJE

Al comenzar la fase final del descenso, plegaron los paneles solares y los receptores de las diversas sondas y sistemas de comunicaciones. Dejaron operativos los imprescindibles para aterrizar, dando a la lanzadera una forma aerodinámica sin elementos sobresalientes capaces de frenar la caída o dañarse por el rozamiento. La velocidad aumentaba al acercarse a la superficie y la corriente de aire desde la región oscura los empujaba hacia la cara opuesta.

—La tormenta viaja a cuatro kilómetros de altura sobre la superficie —informó Huang, actualizando los datos—. Se dirige hacia nuestra plataforma de aterrizaje y llegará a ella unas dos horas después de nuestra llegada, si todo va según lo previsto. Si aprovechamos esta corriente de aire frío hasta haber descendido a los tres mil quinientos metros y desplegamos las alas y encendemos motores en ese momento, podemos ahorrar veinte minutos de tiempo y bastante combustible.

—Tendríamos una ventana de tiempo escasa. Corremos el riesgo de que la corriente nos empuje demasiado lejos. Si nos desviamos al norte antes de los cinco mil metros...

—Demasiado largo. No podemos aterrizar después del inicio de la lluvia.

La experiencia de vuelo de Huang era muy superior.

Amén de los años en la Gliese II, incluyendo prácticas virtuales de aterrizaje, había copilotado algunos vuelos comerciales a Europa y Marte. Gris tan solo había realizado viajes reales en su planeta natal, aunque sus horas de experiencia en cámara virtual superasen la media del estudiantado de la Academia.

Un aterrizaje tan ajustado requería una coordinación perfecta. En teoría, lo habían hecho antes, en simuladores. Pero si Gris prefería tener un margen para su propio posible error, Huang, con una seguridad absoluta en sus habilidades, desconfiaba antes de un clima traicionero, una información imprecisa o algún imprevisto.

La aceleración y la gravedad, aun amortiguadas por el casco, comenzaban a pesar. Costaba deslizar los dedos sobre el teclado, no digamos ya empujar una palanca o mover la mano hasta la siguiente pantalla. Cada segundo la presión se incrementaba algo más, la aceleración tirando del cuerpo contra el respaldo del asiento, las manos aplastadas sobre el panel de control.

En algún punto a su derecha, indicaron los monitores, la masa de nubes avanzaba aún por debajo del nivel de la nave. Después a la altura de la nave. Después, por encima. Con movimientos rápidos y precisos, Huang encendió el motor de fusión para comenzar a frenar la caída. Gris generó las órdenes para desplegar las alas. El viento en ese punto era suave, cálido. La humedad del aire indicaba aún cierta distancia hasta la tormenta.

Una vez reducida la aceleración e iniciado el planeo de descenso, el motor de fusión dejó de funcionar, se desplegaron de nuevo los paneles solares y la lanzadera giró con elegancia hacia su destino, precisando solo la energía solar para el resto de la maniobra.

La aceleración ya no aplastaba el cuerpo contra el respaldo, pero la gravedad tirando de piernas y brazos, como si los fuese a romper de su propio peso, persistía. El instrumental indicaba unas condiciones adecuadas para el planeo y el aterrizaje restantes. Ejecutando con precisión los cálculos, hicieron girar la lanzadera hacia la plataforma elegida, cerca del borde de la meseta, pero no lo suficiente para poder ser arrastrada si la lluvia resultaba torrencial o había una crecida fluvial. Desplegaron las ruedas. Con un golpe seco, tocaron al fin suelo y activaron los sistemas de frenado hasta detenerse por completo.

Gris cerró los ojos. Se concedió unos segundos para situarse. Después de más de dos años sin un arriba o un abajo, sin más referencia que el panel de mandos, la pared de ejercicios y el aseo, ahora podía sentir la masa del planeta tirando de cada uno de sus huesos y situando las direcciones en todos sus órganos. Escuchaba el latido dificultado de su corazón, luchando por bombear sangre contra la nueva resistencia. Notaba el esfuerzo de mover la caja torácica en cada respiración para evitar el colapso de sus pulmones. Los músculos de su pierna intentando despegar el empeine del suelo. Los intestinos y la vejiga... era mejor intentar ignorarlos hasta tener fuerzas para permitir el pleno efecto de la gravedad sobre ellos.

La cámara estaba preparada para amortiguar la gravedad de Gliese 581g mientras permaneciesen en su interior. Incluso amortiguada, en ese momento, se hacía abrumadora.

Al abrir al fin los ojos, observó a Huang también salir de su pequeño ejercicio de adaptación. Sonrieron. Habían llegado. El resto del día, por comparación, parecía casi unas vacaciones.

Lo primero fue comprobar si la localización de la nave era segura o sería prudente desplazarla por la superficie. Decidieron aproximarla a una pequeña pared rocosa cercana para protegerla de vientos demasiado rápidos. Una vez en la localización definitiva, guardaron las ruedas y emitieron los anclajes a tierra para fijarla en el lugar.

—Las lecturas continúan dando un porcentaje de oxígeno

muy poco por encima del original del planeta. No llega al uno por ciento de aumento —Las lecturas eran ahora de una precisión demoledora. Si cerca de la colonia el oxígeno había subido tan poco, pensó Gris, o las algas no se habían adaptado según lo previsto o apenas se habían sembrado fuera de las cúpulas—. La humedad relativa del aire es alta, tal vez por la cercanía de la tormenta.

—Podemos confiar en tenerla encima en cuarenta o cincuenta minutos. El termómetro marca una temperatura externa de seis grados centígrados. ¿Puede ser correcto?

—Siendo el terminador, lejos del ecuador del planeta y con una tormenta encima, podría ser —Con un suspiro, Gris comenzó la comprobación de los sistemas de soporte vital de la nave—. Nuestro casco parece estar intacto, la presión interior en el habitáculo amortigua la gravedad de Gliese en 2 metros/segundo2...

—Y aun así, son 12 de gravedad. Mi vejiga va a salirse por el suelo de la pelvis —Huang aprovechó para soltarse el cinturón y dejar salir un suspiro—. No sabes cómo me pesaba. El concentrador de oxígeno y los filtros de aire funcionan. Podemos aprovechar para recoger algo de lluvia, dentro de unos minutos. Voy a comprobar si los filtros de agua y los depósitos están ya operativos...

—Las condiciones meteorológicas nos dejan aún una ventana de diez minutos para enviar el mensaje del aterrizaje —Habían dejado la emisión preparada para la mejor y la peor de las eventualidades. Pulsando un botón, Gris comenzó a transmitir.

Sí, pensó, soltarse el cinturón era un alivio. A pesar del peso, a pesar de no ir a salir volando al soltarse, costaba cambiar el hábito de tanto tiempo de ingravidez y ligereza. Al terminar de comprobar el buen estado de la nave, Gris aprovechó para intentar deslizarse fuera del traje del descenso. Si bien quitarse ese peso añadido parecía buena idea, cada movimiento para levantar un brazo o una pierna era una tortura. Ponerse de pie, imposible.

Huang consiguió desvestirse sin salir de su silla, dejando el traje a sus pies. Gris precisó echarse al suelo para deshacerse de la ropa. La llegada al baño, arrastrándose a cuatro patas por la nave, también fue costosa. Nunca dos metros se hicieron tan largos.

Al terminar, desplegaron las camas. Durante el viaje habían dormido flotando, sujetos con cinchas a la pared de ejercicios para no levitar por la cabina e interferir la navegación. Los dos camastros, apenas un armazón metálico con una tela, estaban plegados en el interior de una de las paredes. Los extrajeron con esfuerzo, los desplegaron, treparon la pequeña altura como si de un monte se tratase, extrajeron su cena de pasta y gelatina y se dispusieron a descansar.

Fuera, la lluvia había comenzado. Si en las ciudades la percusión amortiguada se camuflaba en el ruido general y era preciso esforzarse por escucharla, aquí era omnipresente. Cada milímetro del casco reverberaba con las gotas. Habría estado bien poder verla, pensó Gris, pero la lanzadera no tenía ventanas. Tan solo sensores y monitores. Tal vez pronto, desde una de las cúpulas.

El depósito de agua marcó en pocos minutos un litro recogido. Al día siguiente podrían beber.

*

*

*

DÍA UNO EN GLIESE 581G

Se despertaron con el cuerpo dolorido y les costó llegar a sentarse. Engulleron su desayuno y comenzaron con la ronda de estiramientos. En las primeras semanas en superficie el tipo de ejercicios cambiaría y trabajar el equilibrio y la flexibilidad se haría más importante, para conseguir caminar con normalidad y evitar los constantes dolores. Al trabajar sin gravedad, resultaba más sencillo aislar el grupo muscular a trabajar. Ahora, con cada movimiento, se notaba una presión constante en la columna al tratar de mantener la verticalidad, en las piernas y brazos incapaces de devolver el flujo sanguíneo hacia arriba cuando no los mantenían elevados. Sentarse o, peor aún, ponerse en pie, hacía palpitar los oídos del esfuerzo cardiovascular.

—Lichis… Naranja —Huang espiraba con dificultad al hacer sus ejercicios. Hablar, respirar, requerían esfuerzo, moviendo las costillas contra la fuerza de atracción de aquel enorme planeta—. Arándanos…

—Muchas frutas — Sentándose en el suelo, Gris se centraba en mantener la columna erguida sin apoyo—. ¿Las has… probado?

—Fresa… Melón...

—Me ganas —Inspirar profundo, notando el dolor entre

59

las costillas, espirar, intentando evitar dejar salir el aire de una vez—. Sandía… Fresas. Ya.

Con la espalda flexionada sobre sus piernas cruzadas, Huang consiguió hacer un mínimo gesto de burla. Gris le habría explicado por qué la fruta, poco nutritiva, apenas se cultivaba en las colonias. Ni siquiera en alféizares y tejados, como en Shanghái. Pero concentrarse en respirar aún requería esfuerzo.

Tras media hora de estiramientos, lentos, sobre el suelo en su mayoría, el dolor de la presión se mezcló con un mucho más agradable dolor de cansancio muscular. Gris gateó hasta el control mientras su copiloto pasaba al aseo. Había dejado de llover, o al menos, ya no se escuchaba la lluvia. El depósito de agua filtrada contenía entre 3 y 4 litros de líquido. La temperatura en el exterior había aumentado hasta los diez grados centígrados. Sobre la meseta, en aquel momento, ya no había cubierta de nubes.

Con cuidado, Gris comenzó a desplegar las placas solares principales y accesorias. La idea era acumular energía de reserva y utilizar el reactor de fusión tan solo si precisaban viajar a la zona oscura o en situaciones de emergencia. No podían permitirse el lujo de malgastar combustible. Una vez fijadas las placas accesorias y activada su conexión al acumulador, comenzó a incorporarse para pasar al aseo.

—Espera, relájate— Con una sonrisa, Huang le tendía un vaso cuyo contenido oscilaba en el interior—. Agua. Tenemos agua sin gelatina.

Mientras degustaba el líquido sorbo a sorbo, notándolo en la boca, paseando entre dientes, mucosas y encías, fresco y limpio, y lo dejaba deslizarse garganta abajo con deleite, se preguntó con qué frecuencia tendrían lluvia o si habría fuentes cercanas de agua potable.

En Marte el agua se obtenía de los polos congelados o se

reciclaba dentro de circuitos cerrados, para evitar su evaporación y pérdida. Los ríos, las fuentes, los estanques, incluso artificiales, eran un exotismo propio de la Tierra. Ahora, como los exploradores del Viejo Mundo, podrían explorar ríos o mares. ¿Habría en el futuro un río Gris y un lago Huang en Gliese? ¿O bautizarían sus descubrimientos con series impronunciables de números y letras o con su localización exacta en el planeta u otro dato descriptivo, práctico y moderno?

Apoyando un segundo el vaso en el brazo de su sillón, se maravilló de no ver una burbuja de líquido flotar hacia el techo. Qué extraña magia, la del comportamiento de los fluidos en diferentes gravedades y presiones, y qué rutinaria habría resultado para los hombres primitivos en su mundo constante y estable. El aire respirable lo habrían dado por sentado. La gravedad, la sensación constante de peso en cada uno de sus huesos, también.

—Es poco para bañarse —A su lado, Huang también había con lentitud—. Pero no esperaba… agua potable… tan pronto. No podemos… salir, aún. ¿Reviso el robot?

El robot de exploración podía aguantar presiones mucho mayores que las de Gliese 581g. Una vez ajustados sus parámetros de funcionamiento y la presión de sus ruedas, podrían comenzar el trabajo pilotándolo desde la nave.

—Perfecto —Se detuvo para dar otro sorbo—. Escaneo la zona...

Por toda respuesta, Huang dejó caer unos grados la cabeza. Desde su posición actual podrían obtener datos muchísimo más precisos de la estructura y composición de los alrededores, establecer el lugar idóneo para anclar definitivamente la nave y comenzar a recoger muestras.

Aquel día, Gris se enjuagó la boca con un poco de agua, después de lavarse los dientes. La sensación de limpieza al usar líquido era mucho mayor. El aseo del cuerpo aún sería con sustancias en polvo o crema, al menos hasta tener una fuente abundante de agua. La sensación de peso y el cansancio obligaban a asearse sentándose en el suelo, las piernas dobladas en el angosto espacio, la espalda contra la pared. Algunos recovecos resultaban casi inaccesibles.

Al terminar, la revisión del robot había concluido de modo satisfactorio, al menos según los datos de su ordenador de navegación y sensores. Lo pusieron en tierra junto a la nave y activaron el video. Apenas se escuchaba el viento, ahora suave, y algún grano de arena siendo arrastrado. Una llanura rocosa se extendía hacia el sur hasta terminar abruptamente antes de llegar al horizonte, desdibujado a lo lejos bajo el cielo rojizo. Al girar, hacia el norte, tras la nave, se elevaban algunos montes bajos, rocosos y abruptos en apariencia, cuya falda se fundía con el borde de la meseta. Hacia el oeste la llanura parecía infinita, en tonos grisáceos y negros.

—Sedimentarias — opinó Gris, refiriéndose a las rocas. Tal vez el suelo de un antiguo océano o lago, emergido hacía miles de millones de años. En la Tierra contendría fósiles de animales extintos. Aquí, con suerte, tal vez trazas de aquellos seres unicelulares bautizados como Gliesedonia.

—Avanzo unos metros —comentó Huang, tecleando desde su control—. Bien. Cincuenta metros… gira… para.

—¿Podemos…? —Formular la frase completa requería de su diafragma una fuerza imposible—. ¿Taladro? Rocas —especificó—. Muestras.

El ruido del taladro ocupó la nave por unos minutos. La roca era dura y presentaba resistencia. Al fin, tres o cuatro fragmentos de pocos centímetros se desprendieron. Con precisión, la pinza del brazo articulado recogió cada una de ellas y las colocó en compartimentos separados de la cavidad de almacenamiento.

—¿Regreso? —preguntó Huang.

—Aún no —. Mirando las primeras imágenes del escáner de superficie, Gris valoró los puntos más interesantes. Señaló en su monitor otros cuatro lugares—. ¿Es... la misma roca? —El escáner también mostraba una posible fuente de agua a algo más de doscientos metros. Se la indicó a su copiloto—. ¿Potable?

El robot se deslizó sin grandes dificultades por la zona llana hasta la base de los montes, tomando muestras en el camino. Al llegar al parapeto rocoso, se detuvo a extraer nuevas rocas antes de comenzar a trepar en busca del posible arroyo. Lanzando un garfio con un grueso cable retráctil, el motor hacía ascender el robot muy despacio, aprovechando sus juegos de triples ruedas para adaptarse al terreno.

Huang hizo la prueba de recoger una muestra de roca con el robot colgando del cable trepador. Respondía sin problema, pero el taladro funcionaba peor sin la sujeción estable en cuatro puntos al suelo.

—No hay... Gliesedonia—Las rocas, observó Gris, tenían su color natural uniforme y ninguna presentaba el aspecto liquenificado rosado o negro típico de aquellos seres. Tal vez en aquel tipo de roca no se agrupasen. Tal vez fuesen una variante no visible a simple vista. Sería útil tener varias muestras de roca para valorarlo.

—¿El hongo?

Explicar hasta qué punto era erróneo considerar a las formas de vida nativas del planeta «hongos» requería demasiado aliento. Otro día, pensó. Tenían muchos días, muchas *Gliesedonia* por buscar en el futuro inmediato.

El robot regresó en pocos minutos y depositó su preciosa carga en cada uno de los compartimentos indicados. Volvieron a conectarlo a las placas solares para recargarlo. Su siguiente excursión duraría varias horas. Mientras Huang preparaba un primer informe y continuaba escaneando la zona, tanto para perfeccionar el mapa como en busca de transmisiones de onda corta, Gris comenzó a gestionar el análisis de las muestras. Bendito laboratorio mecanizado, pensó, capaz de funcionar a 1,5 g cuando los humanos aún no se habían adaptado al nuevo planeta.

*

*

*

DÍA DOS EN GLIESE 581G

El robot había partido hacía horas y, desde los monitores, Huang lo manejaba con pericia. Sus manos se movían casi con normalidad. Habían conseguido hacerlo descender al valle con algo de dificultad, recogiendo muestras de diferentes rocas en el camino. Una vez abajo, el suelo era arenoso, más blando, y se comenzaban a ver señales de *Ghesedoniu* rosacea en algunas piedras. La autonomía del robot usando batería no permitiría llegar más allá del primer arroyo, no potable según los datos de la colonia, en ese viaje.

Mientras, el pequeño laboratorio procesaba con lentitud y precisión las muestras del día previo, una a una. De momento, se confirmaba la ausencia de formas de vida de cualquier tipo en las muestras de la planicie.

—Composición del suelo —El análisis de la primera roca no estaba completo, pero Gris ya observaba diferencias significativas en su composición respecto a las recogidas en las misiones previas—. Sílice. En la colonia son calcáreos.

—¿Por eso no hay hongo? —Con lentitud, Huang levantó los brazos sobre su cabeza para estirarlos. Aquel gesto simple resultaba una tortura, en la nueva gravedad. Al menos, hablar comenzaba a ser menos cansado.

—No es un hongo —Gris lo sabía, su copiloto lo sabía,

pero en la fase de preparación muchos compañeros lo habían llamado «el hongo» por su aspecto—. No es compatible con… nosotros.

—¿Por qué no crece aquí?

Sobre el crecimiento de la Gliesedonia, en la Tierra, se habían hecho algunos experimentos, siglos atrás, antes de enviar a la Gliese I. Era necesario comprobar si podía ser un problema o una ayuda para la terraformación. Necesitaba un porcentaje menor de oxígeno en aire o agua respecto a la vida terrestre y para algunas especies el exceso de oxígeno resultaba tóxico. En la Tierra hubo protestas de grupos ecologistas, ya antes de la primera misión. Decían que terraformar Gliese 581g acabaría con el ecosistema nativo, al aumentar el porcentaje de oxígeno.

Ante la imposibilidad de explicar a Huang todos los estudios realizados sobre aquella especie unicelular agrupada y sobre cuánto no se sabía de ella, se encogió de hombros y continuó revisando datos de los análisis.

—El agua es casi potable —El laboratorio era lento y podía procesar, a lo sumo, dos muestras en diferentes momentos de estudio a un tiempo. Gris había establecido una lista de prioridades: estudio del agua y potabilidad, presencia de Gliesedonia, estudio de las rocas—. Se puede filtrar.

—Bien. Hemos llegado —La pantalla de Huang mostraba el arroyo no potable, su límite para aquella excursión—. ¿Muestras de arena? —Antes de recibir una respuesta, Huang añadió—: Hay hongo negro —Algunas piedras del lecho mostraban claras agregaciones oscuras compatibles con Gliesedonia.

Gris asintió: parte de su plan consistía en estudiar las diferencias de suelos y cómo eso podía afectar tanto a las formas de vida nativa como a las terrestres. Los colonos habían estudiado numerosas muestras a lo largo de los años. La variante rosa aparecía en zonas menos húmedas y con poco oxígeno; la negra y la liquenoide cerca del agua; una rara variedad amarilla solo asociada a contenidos algo más elevados de azufre y una mutación nueva de color rojo oscuro, sobre muestras con óxido ferroso. La mayoría estarían estudiadas, pero tal vez descubriesen más variantes y nunca estaba de más confirmar la información.

En el valle, según los informes, los suelos eran muy similares entre sí. Las *Gliesedonia* llegaron a crecer sobre las cúpulas; solo en algunos materiales de construcción. No parecían deteriorarlos. Aun así, los colonos decidieron desinfectar y eliminarlos, para prevenir daños a los pilares de soporte.

—Será mejor desinfectar... el robot. Al volver —Los compartimentos interiores, al fin, se autoesterilizaban con calor al vaciarse, recordó Gris, pero las ruedas, el suelo, las posibles salpicaduras a la carcasa...—. Por si acaso.

—¿Qué se puede usar?

—Lejía, para superficies —Recordó Gris. La lanzadera, sin embargo, carecía de un suministro de lejía y hasta llegar a las cúpulas no podrían acceder al de los colonos. Intentó pensar otros modos de desinfección a su alcance—. ¿Aire caliente? ¿Viajar a zona diurna? —Aquella forma de vida, al fin, solo aparecía en el terminador. Compartía con la vida terrestre la intolerancia a temperaturas extremas.

—Cincuenta grados... una hora —calculó Huang, diseñando la modificación del brazo aspirador a emisor de aire caliente— ¿Suficiente?

Gris asintió. El trabajo debería realizarlo su copiloto. Sus conocimientos de mecánica eran muy limitados. Tomó el relevo con el control remoto del robot mientras Huang se desplazaba, aún a gatas, para localizar los materiales precisos.

Observó en la pantalla el pequeño curso de agua. Los primeros análisis de la colonia la habían catalogado como no potable. Aun así, se habían intentado liberar algas en el arroyo, en teoría adaptadas a aguas con una carga mineral alta. El contenido en mercurio estaba en el límite de lo tolerable para un ser vivo terrestre y la adaptación había sido pobre.

El robot tomó muestras de agua, aspiró el fondo del río y tomó varias rocas en al menos tres puntos del recorrido. Los *Gliesedonia carbonata* y *liquenoide* salpicaban las orillas con una concentración esporádica, como era frecuente con aquella forma de vida. De las algas se encontró alguna traza en un remanso. Gris tomó las muestras pertinentes. Era la primera forma de vida terrestre de la cual habían tenido evidencia desde la llegada.

Mientras iniciaban las maniobras de regreso de la máquina, Huang terminó de ensamblar el ventilador de esterilización, como decidió bautizarlo. Se embutió en uno de los dos trajes de exploración, en teoría adaptados para facilitarles sostenerse de pie en la gravedad de Gliese 581g, ligeros, pero con un armazón resistente. Despacio y caminando con los pies muy pegados al suelo y pasos cortos, se dirigió con el aparato a la compuerta de salida.

Si hubiese sabido cómo instalar el ingenio, Gris se habría ofrecido. No había estado en el exterior, a la luz de un sol, aunque fuese una enana roja, desde la partida. Y el placer de disfrutar la luz solar sin trajes, sin cúpulas ni muros de protección no volverían a tenerlo nunca, pensó. La mayor parte del viaje había permanecido en estasis y aun así, añoraba la luz. Incluso la luz escasa de Marte, no ya aquella luz intensa de la Tierra.

Las imágenes de la cámara de exploración, preparadas para captar un espectro de colores más amplio que el ojo humano y «traducirlo» a colores o números legibles por la tripulación, mostraban una luz mortecina extraña y una paleta de color alucinógena, diferente a la captada por un ojo humano.

Tras algo más de media hora, Huang regresó al habitáculo. Se dejó caer en la cama para proceder a quitarse el traje y guardarlo, trabajosamente. Sudaba. Su cara pasó de una lividez preocupante a una leve congestión rosada. Sus pies estaban hinchados.

—Media hora —Hablaba con dificultad, sin aliento—. No... puedo... más.

—Descansa. Yo me ocupo —ofreció Gris—. Te despierto para la desinfección.

—¿Análisis?

—Continuaré después —Al fin, había programado suficientes análisis para unas horas más. Y tenían tiempo. Con un habitáculo, filtros de aire y una fuente de agua potable, ahora tenían por delante mucho, mucho tiempo.

✳

✳

✳

DÍA TRES EN GLIESE 581G

Traer unos cinco litros de agua para filtrar, desde el arroyo cercano, había sido factible con el robot. Conseguir agua para varios días o para el lujo de una ducha, requeriría varios viajes o el uso del carro auxiliar, y para cargarlo haría falta un humano. Al menos aquella agua, potable tras el filtrado básico, les permitiría mantener más tiempo sus reservas de gelatinas. Amén del pequeño placer de notar el peso de cada trago de líquido bailar sobre la lengua y deslizarse garganta abajo.

En un momento de descanso, Gris había hecho su primera prueba en el exterior. Le llevó unos veinte minutos embutirse en el traje de cuerpo completo semirrígido, siendo aún una tortura el mero hecho de mantenerse en pie. Nunca se había sentido tan torpe como aquellos primeros días en Gliese 581g.

Había aprovechado la excursión para adosar al robot uno de los paneles solares. El proceso era sencillo y Huang se lo había explicado hasta la saciedad. Con esa mejora, el robot podría pasar días recorriendo las cúpulas y sus alrededores sin necesidad de regresar a la nave a recargar batería.

En el exterior, la luz crepuscular y rojiza resultaba extraña. Nada se movía o cambiaba salvo la leve brisa arrastrando algo de arena. Las rocas pardas se extendían en toda la plataforma. Hacia el sur, a lo lejos, terminaba de forma brusca y más lejos, se intuía el gris. Detrás de la nave las mismas rocas pardas, mezcladas en estratos precisos con otras de tonos amarillentos o grises, se elevaban formando el primer pliegue de un pequeño monte.

Por encima, un cielo en tonos rojizos y anaranjados se extendía, perdiéndose en la noche hacia el oeste. Hacia el este asomaba un sol rojizo, mayor que el terrestre en apariencia, por la cercanía. Uno de los planetas interiores era visible en el firmamento. En pocos días tendrían un eclipse parcial. Salvo por el tamaño del sol y la inmutabilidad del paisaje, podría haber estado en Marte, pensó.

Mantenerse de pie en el exterior, incluso con la ayuda del traje, resultaba extenuante. Cuando regresó al habitáculo, desvestirse supuso una tortura aún peor y necesitó beber y descansar una hora para recuperar fuerzas.

Al despertarse, Huang dirigía el robot en una nueva excursión. Había encontrado un camino más fácil para descender la meseta y avanzaba sin obstáculos por la llanura fluvial. Recorrió la zona explorada a mayor velocidad y, al llegar al arroyo no potable, de poca profundidad, lo cruzó sin problemas.

A partir de ese punto, enlentecieron el avance para poder observar mejor los elementos del paisaje. La arena no presentó grandes cambios hasta varias decenas de metros más lejos, cuando el color varió y también el tipo de Gliesedonia, ahora de una coloración un poco más grisácea en zonas húmedas y de un rojo sucio en las secas. El aire, según las sondas del robot, tenía una concentración de oxígeno un poco mayor que en la meseta o, incluso, el tramo explorado el día previo.

En algún punto debieron cruzar sobre el segundo arroyo, subterráneo, de agua potable. En teoría un pozo sobre el mismo arroyo suministraba agua a la colonia. Su presencia bajo la superficie se distinguía apenas por la coloración de la arena y los Gliesedonia.

—El robot está a unos 50 metros de la cúpula. No hay señales de radio —comentó Huang mientras su copiloto se deslizaba en su asiento—. Hay ondas electromagnéticas. Puede ser maquinaria.

—¿No hay mensajes, pero las máquinas siguen trabajando?

—Alguna máquina —propuso Huang—. Tal vez usen inhibidores de señal.

—¿Para qué? — Al fin, ¿qué sentido tenía no comunicarse con la Tierra? A esas alturas, la llegada de nuevos colonos era inevitable. Conforme el robot se acercaba a la colonia, Gris observó un aumento llamativo de Gliesedonia, en especial la gris y una curiosa variante azulada—. Toma muestras. Las azules y grises. No recuerdo ninguna azul.

—¿Pueden ser comestibles? — No eran ni por asomo digeribles para un humano, le recordó Gris. Su comida debería limitarse a gelatina en tubo y futuribles algas modificadas —. ¿Por qué bloquear emisiones? ¿Por los alienígenas?

–Que no salen en video —. Los alienígenas, de diferente forma, tamaño y color para cada testigo, nunca fueron captados por ninguna cámara perimetral. En un segundo monitor, pero sin dejar de observar el video del robot, Gris continuaba leyendo el análisis de las rocas del primer día—. Humanoides.

—¿No existen si son humanoides? —Al terminar de recoger muestras de la zona, Huang dio orden al robot de continuar hacia la cúpula—. ¿No pueden tener cualquier forma?

Llevaba siendo una broma común desde la partida de la lanzadera. Gris había explicado hasta la saciedad como, pudiendo tener cualquier forma, ser similar a una forma de vida terrestre concreta en un planeta con condiciones de luz, temperatura, gravedad, atmósfera y clima diferentes, era improbable. Para Gris, imaginar un marciano verde bípedo, con cuatro extremidades, saludando en un idioma terrestre era poco menos como imaginar un hada o un elfo.

—No es probable.

—Los biólogos nos quitáis la ilusión.

El robot había llegado cerca de la primera cúpula. Desde ese punto, rodeando la colonia hacia el este, tendrían las hileras de placas solares y una puerta específica para reparaciones. Hacia el oeste, otra entrada mirando a la región oscura del planeta, con un dintel mayor, para los cargamentos rescatados de la nave-buque.

—No consigo avanzar. El robot se detiene —observó Huang—. Si me acerco más, perderemos el robot.

—¿Pasará en todo el perímetro?

Mientras la máquina avanzaba, rodeando la colonia, las imágenes reflejaban en el exterior la misma llanura sembrada de *Gliesedonia* gris y azul; hacia el interior, la cúpula, cuyo suelo parecía cubierto de ambas variedades, amén de otra de un rojo vino en algunos postes. Durante varios cientos de metros no vieron a nadie, dentro o fuera de la colonia. Tampoco encontraron cámaras. De haberlas, serían pocas y tardarían en detectarlas.

La señal de radio continuaba bloqueada en una franja de anchura variable entre cincuenta centímetros y diez metros alrededor de la cúpula. En el exterior, una brisa ocasional movía granos de arena. En el interior, no se apreciaba movimiento.

Rodearon la parte de la colonia destinada a almacenes. Entre los edificios se salpicaban, hacia el interior, algunos huertos. Aquella había sido la primera cúpula construida y en un inicio había contenido todos los tipos de recurso. Los huertos se distinguían por sus bordes elevados. Ampliando la imagen del robot, en alguno de ellos parecían apreciarse hojas, de un color macilento, según la cámara. No se detectaba a nadie trabajando en el área, aunque desde esa distancia era difícil asegurarse.

Las paredes parecían libres de la forma de vida unicelular, o casi. Los tejados, los suelos, los marcos de las ventanas o los postes parecían afectados en diferente medida. Los elementos metálicos no se afectaban, pero sí algunos tornillos o el material usado en las juntas. Gris insistió en tomar muestra de las especies y materiales dentro del rango de alcance del robot, fotografías del resto.

Al terminar la jornada, cuando las persianas cerraron la colonia en su noche artificial, no habían llegado a la puerta de entrada y apenas habían pasado bajo una única cámara, en apariencia apagada e inmóvil.

*

*

*

DÍA CUATRO EN GLIESE 581G

Habían guiado el robot hasta la entrada oeste. La barrera de inhibición de ondas de radio se mantenía, en raras ocasiones adelgazándose hasta los cincuenta centímetros y permitiendo a la máquina acercarse lo suficiente para tocar la propia cúpula con uno de los brazos articulados. No habían visto aún a nadie en el interior. Durante el eclipse parcial y el periodo de ocho horas de cierre de persianas a modo de noche, habían detenido la exploración, para no perder detalles. El eclipse en sí, se lamentó Huang, no era apenas visible desde su posición. Al llegar a la puerta del oeste de la cúpula, no pudieron acercarse más allá de un metro. Huang intentó probar varios ángulos de aproximación sin éxito. Al menos, manteniendo el ingenio en una posición extraña, el brazo más largo, estirado al máximo, podía rozar el control de acceso en el marco.

Con dificultad y colocando el explorador casi en vertical, sobre dos ruedas, intentaron manipular el panel para obtener acceso. El código, en teoría, no había cambiado en las primeras décadas, pero sí al final, en los últimos diez años, cuando ya no enviaban informes. En cinco años habían llegado a cambiarlo seis veces, al menos una de ellas dejando fuera durante horas a dos colonos enviados a recuperar material de la nave-buque.

Después de probar la primera clave y otras dos conocidas,

Huang trató de hackear el programa de control de la puerta para pasar. Como respuesta, el control de la entrada pareció apagarse. El campo de inhibición seguía activo, las emisiones electromagnéticas de baja frecuencia también. Solo se había apagado el panel de la entrada.

—¿Se puede volver a encender? —En su puesto, Gris revisaba los datos de composición de las arenas del valle.

—Desde fuera, no. Tal vez usando la otra puerta —Huang volvió a colocar el robot sobre las cuatro ruedas y tomó varias imágenes con zoom del panel de control y la estructura de la puerta, así como de la cámara colocada sobre la entrada, apuntando inmóvil hacia ellos—. Podemos rodear la colonia y probar la entrada este.

Y de ese modo recorrerían todo el perímetro, por otra parte.

—¿Podemos usar la cámara de infrarrojos? —propuso Gris, sabiendo en parte ya la respuesta.

—Los cristales bloquean los infrarrojos —Tras haber tomado varias imágenes de la zona, Huang continuó el avance hacia el sur—. Hasta conseguir entrar, no servirá de nada.

Decidieron continuar el recorrido perimetral y probar suerte en la puerta oriental, grabando y tomando muestras del entorno entre tanto. Gris controlaba el robot mientras Huang realizaba ejercicios, comía o se aseaba y viceversa. El resto del tiempo podía continuar analizando las arenas del valle.

La composición mineral de la meseta era diferente de la de la llanura. No solo las rocas de la primera eran silíceas y las segundas calcáreas. No solo variaba el contenido en carbono. Las rocas de la meseta parecían contener una cierta cantidad de plata, casi indetectable en el valle, y trazas mínimas de radio, inexistente en las arenas.

Tras terminar el análisis de las rocas, mientras el aparataje se desinfectaba con luz ultravioleta y temperatura suficiente para desnaturalizar la cubierta de las formas de vida de Gliese 581g y la mayoría de terrestres, Gris aprovechó para salir a su segundo paseo en el exterior.

Esta vez vestirse fue algo menos costoso y pudo caminar varios metros antes de notar los pies hincharse y los músculos agarrotarse. Se quedó a medio camino del arroyo. Aprovechó para comprobar el estado de las placas solares, retirarles polvo y arena de la superficie y comprobar los anclajes de placas y lanzadera.

El objetivo real del paseo era ver el horizonte, aun a través del visor del traje. Mirar aquel paisaje rocoso y vacío le producía una sensación hogareña y confortable, respecto a los interiores de la lanzadera o la nave-buque o, incluso, las reducidas vistas disponibles en las ciudades terrestres. En Shanghái solía visitar una azotea en la Universidad, para intentar ver el horizonte. En algún lugar a lo lejos, entre los edificios, debía haber un océano; en dirección contraria, campos, mucho más lejos hacia el interior. Nunca consiguió verlos. Aquí, sin embargo, bastaba caminar unos pocos pasos fuera de la nave para ver un paisaje tan parecido al de su Marte natal.

Al regresar, se retiró el traje también con algo menos de dificultad, comió, bebió un vaso de agua y se acostó una hora. Al despertarse dio el relevo a su copiloto, quien realizó sus ejercicios en el interior, repitiendo la antigua letanía de elementos a añorar. Mientras tanto, el robot continuaba su viaje mostrando el mismo interior vacío, la misma concentración anómala de *Gliesedonia* gris o azul en varios metros alrededor de la cúpula. Rodeaban ahora el área de viviendas, según los planos, y solo al inicio y el final de la jornada era esperable ver actividad.

Al cabo de varias horas, detectaron la tercera fuente de agua cercana a la colonia. En teoría no era potable cuando la descubrieron y había sido tratada con éxito. Las algas deberían haber terminado de purificarla. En el lecho se observaba un crecimiento adecuado de flora terrestre, a pesar de su coloración marronácea, por la adaptación a la luz de la estrella Gliese. Tomó muestras del agua, de las algas, del lecho y las orillas. Aquí, la presencia de la forma nativa de vida azulada era más intensa.

Cuando Huang terminó su periodo de descanso, tomó el relevo con la exploración.

Por su parte, Gris introdujo la primera muestra de *Gliesedonia rosácea* en el laboratorio microbiológico y el químico. Lo esperable era encontrar información ya conocida sobre la especie. Aun así, por mera sistemática, procedió al análisis de muestras.

Antes de tener al robot frente a la segunda puerta, se había completado el estudio de la muestra rosa, sin ninguna sorpresa. Se había iniciado el protocolo de desinfección y preparado la muestra negra.

En la región oriental, el perímetro de inhibición de señales de radio era mayor, abarcando cerca de la mitad del campo de placas solares. No pudieron siquiera acercarse a la puerta. Las emisiones electromagnéticas indicaban cierto grado de funcionamiento de la instalación solar. Huang intentó acceder al ordenador central desde el acumulador de la primera hilera de placas solares, sin éxito. Al fin, decidieron completar el perímetro y traer el robot de vuelta.

—Si no tenemos forma de comunicarnos con la cúpula ni acceder en remoto, será necesario ir en persona —observó Huang.

—Incluso con el robot llevándonos hasta la entrada, aún no aguantaríamos ni siquiera el viaje —Estirándose, Gris se preparó para elaborar el contenido del mensaje del día—. Tal vez en tres o cuatro días, si aumentamos la intensidad de los ejercicios y ajustamos los trajes, tú seas capaz. Yo tardo más en desarrollar musculatura y en habituarme a la gravedad.

Tras acordar una incursión humana varios días después, Gris comenzó el informe del día. Era sorprendente la cantidad de palabras necesarias para describir con precisión un paisaje en su mayoría ya conocido y notificar un único dato relevante: el robot no ha conseguido entrar a la cúpula.

*

*

*

DÍA CINCO EN GLIESE 581G

Huang comenzó a entrenar apenas se hubo levantado, mientras Gris seguía el regreso del robot desde los monitores. Engulló su desayuno, se aseó y se sentó a tomar el relevo una hora antes de volver al ejercicio.

—Cuando vaciemos el robot, me lo llevo de excursión al arroyo. Igual en unos días junto suficiente para una ducha de agua —informó a su copiloto—. Con un sistema de reciclaje, podemos tener agua para asearnos a diario.

—Cuando vaciemos el robot habrá que desinfectarlo —Gris se ataba los pies a la pared de ejercicios para comenzar la ronda de abdominales—. Viene lleno de muestras biológicas.

—Se sobreentiende, gracias —Huang se reclinó, estirando los brazos sobre su cabeza y haciendo crujir los dedos—. Cuando visite la cúpula, ¿te traigo una zanahoria de regalo?

Un paseo de varias horas aún sonaba utópico. Trabajar en la pared de ejercicios contra resistencia en gravedad cero había sido cansado. Usarla sin resistencia en gravedad 1,5 g era una tortura. La visita a la cúpula le parecía muy lejana en el tiempo y, sin embargo, no tenían otra opción.

Una vez el robot-sonda estuvo de vuelta, se descargaron las muestras en compartimentos separados hasta su análisis. La maniobra de desinfección con el tubo de aire caliente llevó varias horas, con un brazo dirigido capaz de hacer llegar el chorro de aire a cada rincón durante el tiempo suficiente.

Al fin, Huang se embutió en el traje para salir a buscar agua o, al menos, medir su resistencia a la gravedad externa. Mientras tanto, Gris comenzó el procesado de las muestras. Primero el agua, después los minerales, después las muestras de Gliesedonia, por último, las algas. Con desinfecciones intensivas entre muestra y muestra, el procesado, incluso manejando dos muestras simultáneas, era lentísimo.

Hasta la fecha, repasó Gris, las rocas de la meseta presentaban diferencias significativas de composición respecto a la tierra del valle y las muestras de otras misiones. Ningún rastro de formas de vida. Sería necesario estudiar si se debía a la composición rica en sílice, la presencia de plata o radio o algún otro elemento en concentraciones aún menores, pero tóxico para las formas de vida de Gliese. Podría resultar útil tener diferentes formas de esterilizar materiales, aguas o tierras de cultivo, en un futuro.

El agua del arroyo cercano a su nave era casi potable, tratable con un filtro común. No era muy caudaloso, pero suficiente para beber. Para ducharse, lo dudaba, salvo uso exhaustivo del sistema de reciclado.

La arena del segundo viaje del robot se correspondía con las muestras descritas en las misiones exploratorias y en los primeros días de la colonia. El arroyo tenía ahora una concentración de mercurio algo menor, permitiendo su consumo esporádico, pero no prolongado. Las escasas algas del fondo parecían sobrevivir a pesar de las condiciones, con una muy baja tasa de reproducción y, en un principio, parecían similares a lo descrito en la ficha de la nave-buque Gliese I. El equipo de la lanzadera no permitía un análisis genético, pero al menos sí una comparación anatómica y bioquímica entre la muestra de algas actual y las enviadas en la misión original. En ese análisis, no se apreciaban diferencias.

Ninguna novedad tampoco en las muestras rosas y negras de formas de vida de Gliese hasta el arroyo.

Huang regresó con unos diez litros de agua y cayó sobre la cama aún con el traje, tras quitarse las botas. Con paciencia y trabajo, Gris le retiró la ropa y guardó el equipo de nuevo junto a la exclusa de salida, en su armario. Le ofreció un vaso de agua y algo de comer y le permitió dormir. Ya se asearía al despertarse.

Procedió a descargar el agua en el depósito y desinfectar, de nuevo, la maquinaria. Esta vez ancló el robot-sonda a la nave hasta recargar su batería. En unas horas habría viento, observó en los monitores atmosféricos. Lluvia, tal vez en dos o tres días.

Mientras Huang dormía, elaboró el informe de la jornada y lo envió. Por su parte, las notificaciones desde la nave-buque Gliese II solían limitarse a la ausencia de novedades. Avanzaban hacia el sistema según lo previsto. Y aún estaban demasiado lejos para haber recibido noticias de su aterrizaje.

Gateó hasta el aseo para hacer sus necesidades. Durante el largo viaje, aquel había sido el único rincón de la nave con cierta privacidad. El único donde realizar una fugaz masturbación como desahogo. Gris contó casi diez días desde la última vez y, aun apeteciéndole, las fuerzas aún no le daban para semejante derroche. No recordaba haber pasado tantos días sin tocarse en el pasado. Salvo estando en estasis, claro. O en su infancia.

Sin nada más por hacer en varias horas, regresó a su asiento y decidió revisar los últimos mensajes de la colonia. Sobre ellos habían pasado apenas una o dos veces, dada la escasa información sistematizable.

En el último año de mensajes, esporádicos e irregulares, algunos ni siquiera tenían sentido lógico o gramatical. Entre los pocos inteligibles, se hablaba de una «cúpula prisión», creada cuando se cometió un primer asesinato. El primero, pensó Gris, significaba no el único. La «cúpula prisión» se mencionaba una vez más, en algún mensaje ininteligible sobre incendios, desapariciones y criaturas extrañas. Los habitantes de la prisión se mencionaban en plural. No se daban nombres ni números o localización.

No había más menciones a asesinatos, sí a otros incidentes violentos. Un par de peleas sin consecuencias graves. Dos personas se habían autolesionado; una, al parecer, quería eliminar algo extraño que había entrado en su organismo. La otra intentaba suicidarse y, por suerte, no eligió un buen método. Esta segunda persona se diferenciaba de la mayoría en considerar las alucinaciones como falsas. La mayoría, enfrentados entre su percepción y la evidencia, dudaban antes de la evidencia.

En las mismas fechas, alguien describía haber visto árboles en una de sus exploraciones rutinarias, cerca de la zona oscura. Gris pensó, primero, en lo imposible de tener árboles sin luz. Además, si quien enviaba el mensaje era un colono de segunda o tercera generación, nunca habría visto un árbol. No los había en Gliese, no los había en Marte y en la Tierra casi hacían falta permisos especiales para verlos fuera de un invernadero. Tal vez cuando partieran los primeros colonos fuese diferente. Quizás los árboles fuesen todavía parte del paisaje en el planeta natal. Pero sus descendientes, en el mejor de los casos, solo los habrían visto en fotografías o videos.

También se describían insectos o incluso pájaros nunca introducidos en Gliese o a veces, inexistentes en la Tierra. Si los falsos árboles podían ser sombras o rocas, ¿serían los falsos pájaros las últimas abejas o arena arrastrada por el viento?

Algunos mencionaban también a lo que llamaban «caminantes». Considerados en ocasiones como un reflejo de otra persona, en otras como un fantasma de alguien fallecido, las menos como un ser extraño o alienígena, eran avistados casi siempre en el exterior. En dos ocasiones registradas, se trataba de equipos de colonos aislados fuera de las cúpulas por circunstancias meteorológicas imprevistas o porque desde el control de seguridad alguien les negaba el acceso. En el resto de ocasiones, ninguna segunda persona ni ninguna grabación detectó a aquellas figuras.

Por desgracia no había informes médicos fiables de aquel periodo. En la misión inicial viajaban un equipo de dos profesionales sanitarios, pero después de la primera generación de relevo, nadie asumió ese papel. Consideraron el programa de autodiagnóstico suficiente para la mayoría de problemas de salud que podían solucionar con sus medios. La información de la máquina, confidencial, estaría archivada en la colonia.

*

*

*

DÍA SEIS EN GLIESE 581G

Las nubes de lluvia llegarían al día siguiente, pero llovería pocas horas. Entre el agua reciclada y lo recogido en los días previos, el depósito tenía cerca de quince litros. Huang volvió a salir hacia el arroyo a por más. Con veinte litros tendría para varios minutos de ducha sin necesidad de usar todo el depósito, con el circuito de reciclaje.

Después de desayunar, Gris comenzó a leer el análisis preliminar de las nuevas muestras. El tercer arroyo presentaba ahora un mejor perfil de composición mineral que un siglo atrás. Podía deberse a cambios en el suelo o, más probablemente, a las algas. El rastreo en busca de componentes orgánicos aún estaba en curso. Las muestras de arena parecían corresponder a lo ya conocido, al menos en cuanto a composición mineral.

Mientras el equipo trabajaba en modo automático, comenzó sus ejercicios del día. La tolerancia a la gravedad iba mejorando y era capaz de levantarse con ayuda y mantenerse en pie un minuto sin el traje antigravedad. Ya podía realizar los movimientos de brazos con cierta soltura y decidió volver a utilizar las resistencias. Con el resto de musculatura, aún era pronto. Una vez terminó, se aseó, revisó el estado de los monitores de estabilidad del casco, las sujeciones al suelo y el buen funcionamiento del habitáculo y los sistemas de soporte vital. La sistemática y las rutinas, decía uno de sus antiguos profesores, son herramientas vitales en un entorno desconocido.

Al terminar el análisis completo del agua, aparecían trazas de componentes de las algas y cuatro compuestos nuevos en la muestra. Dos parecían compatibles con la biología terrestre, una proteína y una posible hormona, no reconocidos por el análisis. Otro parecía un componente típico de *Gliesedonia* en muy pequeña concentración, tal vez arrastrado desde la orilla. El último no era identificable en absoluto.

La hormona y la proteína, con suerte, serían fracciones de otras ya conocidas. Tal vez cuando accediesen al laboratorio de la colonia podría realizar, incluso, un análisis genético de todas aquellas muestras, muy básico, en busca de cambios respecto a las variedades conocidas. Detectar e identificar mutaciones concretas o su significado requeriría esperar a la llegada de la Gliese II.

Durante la espera, continuó explorando los mensajes de la colonia, de más a menos recientes. Si los últimos hablaban de alucinaciones, agresiones, asesinatos e intentos de suicidio, unos años antes la descripción cambiaba. Imágenes percibidas un segundo y desaparecidas al siguiente, personas vistas simultáneamente en dos lugares a un tiempo, sensación de haber sido tocado sin haber nadie cerca, movimientos incontrolables, pérdidas de memoria.

Sin pararse a pensar, se llevó la mano a la espalda al leer la descripción de uno de esos roces misteriosos, como para apartar una mano, un insecto, una costura de la ropa. Se dio cuenta a mitad del movimiento y dejó la mano colgando de su hombro. La mera mención de un roce le había evocado una vaga memoria táctil. ¡Qué fácil podía ser engañar al propio cuerpo!

Nuevamente, sin información médica al respecto. Según

las escasas menciones al autodiagnóstico, las revisiones rutinarias no mostraban nada relevante.

Esa vez, al regresar del arroyo, Huang fue capaz de desvestirse casi sin ayuda. Tan pronto estuvo cargado el tanque, insistió en pasar a ducharse. Desde fuera se escuchaba el agua golpear el habitáculo con la misma fuerza de la lluvia. Durante sus años de estudiante, Gris recordaba haber visto en una ocasión caer granizo. Recordaba el ruido violento de las piedras contra paredes y cristales. Incluso llegó a abollar la chapa de un vehículo de limpieza, en la calle. ¿Serían las gotas de agua, en aquella gravedad, una lluvia suave o piedras duras golpeando la piel?

—Me voy a ablandar, con tanto lujo —bromeó Huang al salir, al parecer confortable y sin lesiones—. Beber agua, contemplar el horizonte, ducharme con un líquido templado… Si en la cúpula puedo respirar sin escafandra, voy a sentirme como un niño en un jardín.

—Imagina si hay verduras comestibles.

— ¡Comida no sintética! Esas verduras modificadas me sabrían a gloria, si las hubiese —Huang se vistió sobre la cama, antes de ocupar su puesto—. Dentro de diez años, cuando llegue la nave-buque, nos habremos aburrido de tus zanahorias, pero ahora mismo las disfrutaría casi tanto como una naranja o un trozo de pollo.

— ¡Naranja y pollo! ¡Sibarita! —El equipo había finalizado la desinfección y Gris procedió a dar la orden para introducir la primera muestra de *Gliesedonia* de color azul—. Zanahorias no sé, pero tal vez en pocos días podamos disfrutar de una selecta cena de algas.

—A los ocho años te habría tirado a la cara un guiso más de algas —los cultivos de algas modificadas eran una de las principales exportaciones de Shanghái y alimentaban a varios países. La familia de Huang trabajaba en una granja especializada en su diseño y cultivo—. Ahora las espero con ansia.

—Y aún nos toca esperar. Incluso si hay verduras en la cúpula, podemos tardar días o semanas en saber si son comestibles.

—¿Y si no lo son? ¿Y si la cúpula no es habitable? —Preguntó Huang, sentándose en su puesto—. Nuestras reservas de comida darían, como mucho, para otro año. Nuestras algas, si no las sembramos fuera, pueden no ser suficientes. Y la Gliese II tardará diez en llegar. Si no podemos usar la colonia, yo sigo sin tener claro si el plan de mantenernos con los recursos de la lanzadera funcionaría.

—No solo los de la lanzadera. Lo estudié durante el viaje. Una vez tengamos una idea de cuál puede haber sido el problema, necesitaríamos construir otra cúpula, pequeña, solo para dos personas, corrigiendo posibles defectos del primer proyecto —Sobre el papel, esa había sido la teoría desde un principio, recordó Gris. Aunque siempre habían contado con encontrar una colonia pequeña aún viable—. Lo suficiente para tener un tanque de algas, con aire respirable y agua potable, y un pequeño huerto. El problema es ver si podemos reciclar materiales de construcción o semillas de la primera colonia. Si algún componente vital no es reutilizable…

—Siempre podríamos ir a la nave-buque, en la zona oscura, y ver si en su almacén aún quedan elementos viables, ya —recordó Huang—. Puede ser difícil hacer ese viaje. El robot no tiene autonomía como para llegar hasta la Gliese I y el motor solar no funcionaría. Sería necesario acoplarle el motor de fusión. Es técnicamente complejo y llevaría más de una semana.

—En ese caso, mejor agotar primero las opciones de utilizar la colonia o sus materiales—Gris estudiaba ahora las muestras nuevas de Gliesedonia. La estructura microscópica de la especie azul parecía similar a la negra, con diferencias de pigmentación, salvo por un orgánulo nuevo, no descrito en los ejemplares conocidos—. Esto es curioso. Es una especie diferente de Gliesedonia, pero muy similar a la negra.

—¿Pueden haber mutado? —Por su parte, Huang trabajaba en la adaptación del robot a coche, para facilitar su trayecto a la cúpula. La conducción debería ser manual, evitando la interferencia del bloqueo de señal de radio—. Igual ahora sí son comestibles para nosotros.

—Ni por asomo. La estructura bioquímica de sus componentes es diferente a la de las formas de vida terrestre. No seríamos capaces de absorberlos.

—Acabaremos mutando nosotros para poder alimentarnos de esas cosas —Huang acopló una unidad de memoria al video del robot y otra a su traje, para grabar cuanto viesen e hiciesen en la colonia—. Por cierto, si no hay forma de desconectar la inhibición de señales de radio de la cúpula, mientras esté dentro, no podremos comunicarnos.

—¿Por ninguna vía?

—La lumínica podría funcionar. Estoy diseñando una señal de emergencia.

—Sí, parece prudente —El porcentaje de oxígeno de la muestra azul era también algo mayor de lo habitual. No había rastro de los componentes no conocidos detectados en el agua. Sin laboratorio microbiológico no podía estudiar mucho más, pensó Gris. Tal vez dentro de la colonia tuviesen más medios—. Deberíamos establecer la lista de prioridades. No sabemos si el aire de la cúpula será respirable y el filtro de oxígeno funcionará tan solo unas horas.

—El viaje más cuatro en el interior —En aquel momento la forma física de Huang apenas daba para ese viaje. Más adelante, usando equipos más pesados, podrían llevar concentradores de oxígeno acoplados. Eso permitiría excursiones largas—. Sí, deberíamos decidir las prioridades.

DÍA SIETE EN GLIESE 581G

—Según mis cálculos, esta señal podría llegar sin problema desde la cúpula —Huang conectó el emisor lumínico a los sensores del traje—. Si me ocurriese algo y los sensores detectasen un riesgo para mi vida, enviará la señal de auxilio. Está elaborada usando el espectro visible y los materiales de la cúpula no deberían artefactarla.

—Aunque debería recibir noticias tuyas como mucho en cuatro horas —recordó Gris—. Ya sabes: primero el punto de control. Si no hubiese nadie en él, recoge las grabaciones de seguridad del perímetro y el interior y los registros diarios.

—Siendo una tecnología antigua, podría llevarme ya las cuatro horas.

—Mientras se transfieren a tu memoria, toma las muestras —Habían depurado la lista hasta el infinito y, aun así, a Gris le resultaba escasa—. El agua del pozo, las algas, la tierra de cultivo y vegetales, si hubiese. Como hemos pactado, solo la parte comestible y, si no la hubiese, un tallo.

Imposible recoger muestras de todos los bancales, con especímenes completos. O repasar los filtros de aire, los dormitorios y cada material en ellos, los cuartos de aseo y los productos utilizados, los botiquines, la comida almacenada o procesada, las cocinas y sus utensilios.

A lo largo del viaje, Gris se había planteado varias hipótesis sobre qué pudo ocurrir, había repasado los informes para confirmarlas o descartarlas y había acabado por tener una lista de sospechosos interminable. Muchas de sus ideas se descartarían al inspeccionar la cúpula. Por ejemplo, si el aire del interior era respirable y no se detectaban fugas.

De lo ya analizado, las muestras de tierra de alrededor de la cúpula presentaban cambios de composición mínimos. El nuevo orgánulo de las formas de vida nativas era abundante en la azul, raro, aunque presente en la gris. El significado de los cambios, sin un laboratorio microbiológico, era incierto.

Las algas presentaban el mismo elemento hormonal no identificado del agua, a baja concentración, aunque detectable. Comparado con los componentes conocidos, su estructura era similar a la de algunas fitohormonas. No se trataba de ninguna molécula incompleta, por lo tanto, sino de una nueva variación.

—Tal vez tengas razón y no solo hayan mutado los *Gliesedonia* — murmuró Gris, repasando los datos—. Las algas del primer arroyo parecen como las originales, pero las del segundo producen una sustancia nueva. Una variación de una hormona.

— ¡Vaya! ¿Las algas han aprendido a digerir los hongos de Gliese antes que los humanos? —Huang se abrochó la pulsera de control de constantes del traje para comprobar si su señal de emergencia funcionaba bien—. ¡Se nos han adelantado! ¿Podemos usar esa sustancia para comer setas nativas?

—No sé qué es ni para qué sirve —Por probabilidad, pensó Gris, si no había provocado la muerte de las algas seguramente fuese neutro y realizase la misma función que alguna otra fitohormona conocida—. Será prudente no tomar agua ni algas de la colonia hasta estudiarla mejor. Tal vez con el laboratorio de la colonia…

—Si siguiese operativo cuando tú puedas aguantar el viaje, quieres decir —Al quitarse la pulsera, saltaba la señal de alarma. Al colocársela, cesaba. Huang apagó los sensores del traje hasta el día siguiente—. Mañana ya llevo un horario ajustado.

—No, mañana no.

La lluvia aquel día apenas duró una hora y solo produjo medio litro más de agua en el tanque. Al menos, tanto el agua de lluvia como el arroyo cercano eran potables y seguros, pensó. Estériles por completo.

De necesitar construir una nueva cúpula, calculó Gris, la meseta estéril y su arroyo estéril serían buenas opciones. Ningún elemento no conocido entraría a priori, salvo si los *Gliesedonia* aprendían a moverse por el aire. Podrían desinfectar materiales de construcción y reutilizarlos. Bastaría una cúpula pequeña, suficiente para mantener un estanque, un huerto y un almacén pequeño. La lanzadera podría seguir siendo la vivienda.

Todo ello, por supuesto, si no aparecía ninguna amenaza. Si nadie atacaba a Huang al día siguiente; si ningún colono demenciado o, menos probable, ninguna extraña criatura alienígena, encontraba su nave y la dañaba de algún modo; si no sucumbían también a la locura antes de terminar el proyecto, antes de averiguar lo ocurrido.

De no conseguirlo, la nave-buque Gliese II aterrizaría inevitablemente al cabo de casi diez años sin pistas, sin escapatoria, con varios cientos de colonos más cuya única posibilidad sería resignarse a la locura.

Para evitar seguir dándole vueltas, Gris decidió repasar las semillas y huevos conservadas en la primera nave, congeladas en la zona oscura desde hacía más de un siglo. Algunos se habrían perdido por los daños producidos en la nave durante el aterrizaje y, por cuanto sabían, un par de compuertas estaban bloqueadas. Comenzó a elaborar una lista de lo tal vez recuperable.

La pregunta seguía siendo si aquellas semillas serían aún viables.

*

*

*

DÍA OCHO EN GLIESE 581G

El viaje hasta la cúpula principal llevó unas dos horas con las adaptaciones, sin ninguna parada. Conforme Huang se acercó a menos de medio metro de la puerta, se dejó de recibir señal. Gris envió un mensaje hacia la nave-buque informando de la posible entrada. Luego, comenzó la espera. Durante los primeros minutos mantuvo la atención en el monitor, pendiente de cualquier señal. Nada en los canales de radio, nada en los lumínicos, nada desde otras direcciones. Al fin, decidió revisar de nuevo informes médicos antiguos.

En la información de hacía 24 años aparecían ya pérdidas de sensibilidad periférica, alteraciones de la percepción descritas por los afectados como «sensaciones extracorpóreas» o «fantasmas», pérdidas de memoria leves y el inicio de un posible delirio. Se habían valorado varias posibles causas para las alteraciones neurológicas de algunos colonos. Entonces eran todavía algunos. La investigación, en ese punto, la realizó el ingeniero agrónomo de la colonia, ayudado por el autodiagnóstico, observó Gris. No veía probable detectar nada nuevo, sin médicos o biólogos.

Una vez más se planteó si su misión, la nave-buque Gliese II o la colonización completa del planeta no estarían condenadas desde un principio. Si no se habrían precipitado, en su afán por encontrar planetas viables, y habrían condenado a cientos de personas a una muerte segura.

Se obligó a regresar a los informes: una de las cúpulas accesorias, usada para almacenaje y trabajos técnicos, parecía tener menor porcentaje de oxígeno de lo deseable. Se buscaron posibles fugas sin éxito. Se plantaron bancales de huerta para mejorar la situación en esa zona. Al fin, sin encontrar la causa, se decidió reducir los turnos de trabajo en esa cúpula, obligar al uso de concentradores de oxígeno portátiles en ella y colocar en su entrada desde la principal una doble compuerta, para evitar pérdidas. Algunos casos de percepciones extracorpóreas, supuestos fantasmas o alienígenas parecieron mejorar, durante un tiempo.

El déficit de vitamina B12 fue otra posible causa estudiada. Habría explicado algunas alteraciones de sensibilidad periférica, trastornos de coordinación y movimiento o demencia. Se detectaron varios déficits leves, suplidos con un ajuste de dieta, y un único caso de mala absorción. Por desgracia, no tenían medios para sintetizar e inyectar vitamina intramuscular. Aquella persona habría fallecido después de un largo deterioro neurológico, con una demencia severa, sin posibilidad de tratamiento.

Gris nunca había presenciado una demencia. Los colonos actuales de Marte, o los de su infancia al menos, habían sido genéticamente modificados y tratados durante varias generaciones para evitar enfermedades hereditarias. Cuando alguien desarrollaba una enfermedad degenerativa asociada a la edad, podía optar entre una eutanasia precoz o un exilio a la Tierra para morir en una cama de un asilo. La colonia no tenía medios para cuidar a enfermos crónicos. Casi todos optaban por la eutanasia antes de viajar, ya mayores, a un planeta a cuya luz y gravedad nunca podrían adaptarse.

El colono enfermo de Gliese tal vez eligió marcharse fuera

de la cúpula o tal vez pidiese una muerte rápida. Nunca tuvo la opción de regresar a un planeta con medios para haber tratado su problema. Tampoco los nuevos colonos la tendrían, y menos aún dos personas solas durante diez años en un planeta remoto.

La señal de Huang llegó mientras aún leía los informes, algo antes de las cuatro horas. Le costaba hablar, pero sus constantes parecían adecuadas para alguien realizando un ejercicio físico extenuante, como aguantar tantas horas de pie en el exterior. Durante el camino de vuelta, no dijo nada.

Al regresar, esperó en la compuerta de entrada con paciencia hasta completarse la desinfección de su traje. El aislante térmico permitía aplicarle corrientes de aire caliente hasta 70° C durante al menos quince minutos, manteniendo la temperatura interior estable. Por si no fuese suficiente, Gris decidió consumir algo del poco desinfectante químico disponible en un lavado seco, antes de permitir su entrada en el habitáculo.

Una vez dentro, desinfectó de nuevo el espacio entre ambas puertas mientras Huang se dejaba caer en la cama. Gris le retiró la ropa con cuidado y mucha paciencia. En otras circunstancias habría cargado aquel cuerpo diminuto hasta el aseo, pero tampoco su fuerza llegaba aún para excesos. Así que sacó materiales de limpieza en seco y lavó con mimo aquellos miembros finos y fibrosos antes de ponerle el pijama. Tardó en despertarse varias horas. Mientras tanto, Gris descargó las muestras, inició la desinfección del robot y lo ancló al suelo.

En silencio, Gris comenzó a descargar las dos unidades de memoria en el ordenador de la nave. Huang había pasado en la cúpula tres horas y cincuenta minutos. No había encontrado a ningún ser humano entre los edificios ni en el control. No había podido desconectar la inhibición de señal, pero creía saber cómo se podría hacer en un futuro. Había copiado algunos archivos. Había tomado algunas muestras.

Descargadas las muestras en el almacén del laboratorio y esterilizado el robot, Gris comenzó a revisar los videos del traje de su copiloto. Vio cómo abría la compuerta sin dificultad. La misma cerradura que se había apagado al detectar a un robot, volvió a encenderse y permitirle el paso. La luz grabada tenía el mismo tono rojizo, tenue y extraño de la meseta, o eso parecía, a través del visor del traje de Huang, sin los filtros especiales del robot. Las calles de arena aparecían cubiertas de *Gliesedonia* gris y azul, sobre todo la segunda. Sobre algunos materiales de construcción aparecían otros colores.

Entrando por el oeste, se accedía a una calle entre dos almacenes, según el mapa. Huang abrió la puerta para ver si encontraba gente en el interior. En un primer vistazo, no vio a nadie. Después se había dirigido al control, en el centro de la cúpula principal. Al encontrarlo también vacío, había conectado una unidad de memoria a su ordenador para comenzar a descargar datos. Intentó ver cuál era el problema con las señales de telecomunicaciones en el perímetro, aunque no le dio tiempo a buscar soluciones.

Mientras los datos se cargaban, se dirigió a la cúpula agrícola, a la cual solo se podía entrar desde la principal. No pudo sacar agua del pozo. La bomba de extracción mecánica no funcionaba y el sistema manual estaba desmontado. Una vibración continua parecía salir del orificio. Tal vez fuese esa la maquinaria encendida. La arena de la huerta, sin embargo, permanecía algo húmeda, gracias al sistema pasivo de riego por capilaridad desde el arroyo subterráneo. Sí tomó muestras de la tierra de cultivo y algunos vegetales.

No había tenido tiempo de acercarse a la cúpula de dormitorios, cuya fuente central tal vez tendría agua y algas. El cansancio obligaba a moverse con lentitud y no le habrían bastado las cuatro horas.

Al fin, tras recoger la unidad de memoria e intentar, una

vez más, desconectar la inhibición de señales, decidió salir. Una vez cruzó la puerta, dejó de grabar. No había visto a nadie ni señales recientes de ningún ser humano y, sin embargo, las creaciones humanas de hacía más de un siglo seguían funcionando.

*

*

*

DÍA NUEVE EN GLIESE 581G

—Hasta donde he visto, aunque el último informe fuese de hace algo más de veinte años, se siguió recogiendo información, de modo menos sistemático, durante unos doce años —Después de varias horas procesando los mensajes, Gris había ordenado los datos para trabajar en varios periodos—. En las cámaras de vigilancia de las puertas o el interior de las cúpulas, se deja de registrar cualquier tipo de movimiento desde hace cuatro años.

Las escasas cámaras de la colonia, pensadas para vigilar la entrada al huerto o los almacenes para evitar pequeños hurtos, como se solía hacer en las colonias de Marte o Europa, habían acabado vigilando el perímetro o los dormitorios. O tal vez, aquella misteriosa «cúpula prisión» cuya localización no aparecía en los mapas.

— ¡Cuatro años! —Huang había necesitado diez horas de sueño, comida y mucho líquido para poder, siquiera, mantenerse en la silla—. Si nuestra misión hubiese salido antes… Pero, claro, en la Tierra no se recibió nada hasta el año previo a nuestra salida.

—Y aun así, nuestra misión fue precipitada. En las misiones de Marte y Europa esperaron a tener informes favorables durante cinco años antes de enviar una segunda nave de colo-

105

nos.

—Estaban solos —Recostándose en su silla, Huang comenzó a abrir los informes de seguridad y telecomunicaciones—. Como tú y yo. Nadie puede llegar a tiempo para ayudarnos si hay un problema. Pero, estando aislados y sin posibilidad de ayuda, ¿por qué dejaron de transmitir? Nadie podría haber llegado a tiempo, tal vez, pero al menos habríamos sabido a qué nos enfrentamos.

—Tal vez no llegaron a averiguarlo —En un barrido rápido, no aparecía información médica registrada. Ninguna, observó Gris, ni tan siquiera la enviada en los informes—. Esto es muy raro.

—¿Qué es raro?

—Estoy rastreando los informes médicos de los colonos. No aparece nada —Gris comenzó a probar diferentes palabras clave para asegurarse—. Ni informes, ni revisiones rutinarias; ni siquiera buscando palabras clave de síntomas o pruebas diagnósticas. Nada. Ayer leí informes enviados hacia la Tierra que no constan aquí.

—¿Está el resto de la información enviada en esas mismas fechas?

—Sí —Respondió Gris tras una rápida comprobación—. Al menos la parte agrícola sí está. De hecho, estoy viendo la copia del mensaje enviado el quince de mayo de 2331, fecha terrestre. El resto del mensaje figura tal cual lo leí ayer, pero la información médica y las investigaciones relacionadas sobre una cúpula defectuosa o el bajo aporte de B12, no.

—Si han borrado información tan antigua, no vamos a poder recuperarla.

—¿Podrían tener archivos en otros edificios de la colonia?

—Si habían borrado esa información, pensó Gris, ¿cuánto del resto no estaría modificado? —. Tal vez en el propio dispensario, en los almacenes de alimentos o materiales…

—Lo revisaré en los informes de seguridad —propuso Huang—. Si hay más archivos, deberían estar descritos y detallados aquí.

Mientras el ordenador realizaba una búsqueda comparando los datos de los informes recibidos con la información archivada y otra revisando las grabaciones de las cámaras perimetrales en búsqueda de movimiento, Gris volvió al análisis de muestras.

La tierra de cultivo tenía una mayor concentración de nitrógeno y carbono que las arenas exteriores, como era de esperar. Había sido enriquecida con productos químicos, a falta de lombrices e insectos. Mostraba signos de contaminación por formas de vida nativas, lo cual no debería haber ocurrido, pero tampoco debería haber tenido consecuencias graves. En teoría, los *Gliesedonia* no deberían haber prosperado en una zona tan oxigenada como la cúpula. Concentraciones elevadas de oxígeno inhibían su reproducción, en estudios de laboratorio.

De nuevo se detectaba la hormona vegetal no identificada presente en el arroyo y las algas. En aquella tierra no debería haber algas. ¿Habría llegado la hormona en el agua de riego y estaría también presente en el agua subterránea? ¿La producirían las verduras? ¿Qué efecto podría tener?

Por su parte, las formas de vida nativas recogidas seguían siendo seres unicelulares agrupados, con una estructura muy similar entre sí, con mayor o menor presencia del nuevo orgánulo detectado en las azules. Aquella nueva formación aparecía en los *Gliesedonia* de la cúpula y alrededores, los nuevos, los de alta tasa de reproducción y buena tolerancia a ambientes ricos en oxígeno. No se parecía a una mitocondria terrestre, pero tal vez tuviese una función similar. Haría falta un buen laboratorio microbiológico para testarlo.

Después de desinfectar el equipamiento, Gris hizo entrar

la primera muestra vegetal, en teoría una hoja de patata genéticamente modificada. Después de las algas, había sido la siguiente especie terrestre introducida y parecía ser de las pocas supervivientes. La especie original estaba preparada para crecer incluso en condiciones de baja humedad o temperaturas extremas. Su función era convertirse, si fuese preciso, en el alimento principal para los colonos en situaciones de escasez.

—No son solo los informes médicos —comentó Huang—. Estoy viendo diferencias en fallecidos, por ejemplo… ¡Esto es muy bueno! En un informe a la Tierra se comenta el fallecimiento de una mujer. En los informes de la colonia no figura la defunción porque treinta años después, cuando ella habría tenido más de cien años, su bisnieta asegura haber cenado con ella. Nadie más la vio, pero la bisnieta decidió borrar el fallecimiento.

—Mira que preocuparnos por si los colonos tenían problemas cuando estaban consiguiendo resucitar a los muertos —La pequeña muestra de patata, solo de tallo y hojas, estaba siendo desmenuzada en el laboratorio mecanizado bajo la atenta mirada de Gris—. Puestos a hacer milagros, podían haber multiplicado las patatas o los peces.

—No me importaría resucitar a mi bisabuela. O a su gato. Las cifras de las cosechas, por el contrario, son más bajas en los registros de la colonia que en los informes enviados. Alguien habla de robos misteriosos —No obstante, durante su visita, Huang había visto las cámaras apuntando a cualquier lugar menos los huertos o los almacenes—. ¡Mira! Las cifras de natalidad parecen igual de malas en todos los informes.

—¿Te importa dejarme seleccionados los informes de natalidad, para echarles un vistazo luego?

—En cualquier caso, no será tan baja como la nuestra en los próximos diez años. Les vamos a estropear la media.

Durante unos segundos, Gris no supo qué responder.

Era consciente de la muy baja fertilidad de Huang y del riesgo de un embarazo en aquel entorno, en ausencia de otros seres humanos. Pero nunca se habría planteado pasar sus años más fértiles sin tener hijos. La reproducción, para hermafroditas procedentes de las colonias, se daba por sentada. Se reproducían por todas las vías posibles, todas las veces posibles, con una muy alta tasa de éxito. De hecho, de haber habido cualquier otra persona capaz de pilotar y con formación en ingeniería agrícola y terraformación, jamás habrían enviado a Gris en la lanzadera. Suponía desperdiciar un potencial reproductivo superior a la media con una única pareja durante diez años. Y perder potenciales hermafroditas en la siguiente generación.

—¿Nunca quisiste tener hijos? —preguntó al fin—. ¿Ni siquiera de joven, en la Tierra, con medios médicos a tu alcance?

—¿Más seres humanos chillando, llorando y oliendo mal en un planeta lleno de personas chillando, llorando y oliendo mal? No, nunca. Cuando me diagnosticaron fue casi una bendición, salvo por lo de no poder vivir en las colonias.

—¿Y cuando llegue la nave-buque?

—Entonces tú te reproducirás con la mitad de los colonos, ellos se reproducirán, todos os reproduciréis y yo me plantearé si hacerme mi propia cúpula en la otra punta del terminador para no ver gente. O coger la nave de vuelta a la Tierra. Cincuenta años de viaje sin compañía suenan paradisíacos.

En silencio, Gris regresó a la composición de su patata. En la vida de Gris, nada había sido una elección, en realidad. Estudiar o no, qué estudiar, marcharse a la Tierra o no, unirse a la misión de Gliese II, despertar para viajar en la lanzadera cuando apareció el problema. Todas las grandes decisiones habían sido tomadas por terceros. Reproducirse era solo otra obligación más. En ese sentido, pensó, nunca había tenido mucha más capacidad de decisión que una patata.

Era admirable aquella persistencia de Huang en desafiar su propio destino de urbanita estéril en una gran ciudad masificada.

*

*

*

DÍA DIEZ EN GLIESE 581G

—Estuve pensando en tu comentario de ayer sobre huir a tu propia cúpula o volverte a la Tierra… ¿De verdad serías capaz de vivir sin contacto humano durante décadas? —Gris desglosaba el análisis químico de la patata mientras hablaban—. ¿No echarías de menos ver niños?

—Crecen y se convierten en gente, tarde o temprano —respondió Huang, vistiéndose tras su ducha—. No te preocupes: cuando llegue la Gliese II aún tendrás edad para reproducirte varias veces. Y yo habré disfrutado diez años sin demasiada gente antes de verme en la obligación de convivir, de nuevo.

—Es solo sorpresa. En Marte nadie se planteaba no tener hijos.

—En la Tierra, casi todos. Tener hijos en la Madre Tierra, decían, es un privilegio —Huang se sentó en su puesto—. Un sacrilegio, más bien. Míralo así: a ti no te gustan las duchas, a mí no me gustan los niños, la gente ni el contacto humano. Yo puedo ducharme sin obligarte, tú podrás tener hijos sin obligarme dentro de diez años.

—¿No me gusta ducharme? —Tras la sorpresa inicial, Gris cayó en la cuenta: no se había duchado con agua ni una sola vez. Había entrado al aseo y la rutina había guiado sus movimientos hacia la misma higiene en seco de siempre —No he

111

usado el agua. ¿Te puedes creer que no lo había pensado?

Mientras se hacía firme propósito de probar, al menos una vez, la ducha de agua, Gris recordó su infancia en una cúpula con pocos niños, donde cada uno era tratado como una bendición. En su misma aldea apenas había otros tres niños durante su infancia, dos de ellos muy pequeños. Cuando visitaba la colonia antigua, le fascinaban las colas de siete o diez niños de la misma edad yendo a la escuela. Querría haber podido formar parte del alegre bullicio de risas y juegos. En Shanghái había visitado también institutos y escuelas, mucho más masificados y excesivos en estímulos y ruidos, como todo en la ciudad. Pero al menos era ruido infantil. El zumbido de las conversaciones de los niños era como el zumbido de las colmenas: lleno de vida y de promesas.

—Si hablamos de placeres, ¿tampoco echarías de menos el sexo? —La sexualidad, desde su adolescencia, había sido para Gris otro motivo para apreciar los grandes grupos humanos y sus posibilidades—. Quiero decir: en soledad se pueden hacer muchas cosas, pero teniendo uno o dos compañeros las posibilidades se multiplican.

—Lo probé unas pocas veces, hace años. Nunca tuve un apetito excesivo, la verdad. Y no, no me sueltes el cliché de que es cuestión de dar con la persona adecuada. Me apetece pocas veces y suele ser más satisfactorio sin compañía. No es ni de lejos una necesidad, como en tu caso.

Gris se sonrojó. No creía que sus pequeñas excursiones masturbatorias al baño hubiesen sido percibidas. Durante el viaje habían sido meros desahogos que podían alargar su higiene apenas unos minutos. Y desde el aterrizaje apenas se había atrevido a retomarlas durante la larguísima excursión de Huang a la colonia.

—El placer es algo muy personal —continuaba Huang—. El tacto del agua líquida en la piel, el sabor de una fruta, ver un horizonte, la luz, el silencio...

—El zumbido de los insectos, la risa de los niños, una caricia, una broma, el sexo —La lista de Gris tal vez fuese más convencional, pensó, más social. Y tardaría mucho más en recuperar la mayoría de aquellos placeres.

Se centró en la patata. La estructura anatómica parecía normal, tal vez con un tallo más fibroso y alto de lo esperable. Las hojas, adaptadas a la luz rojiza, tenían un tono amarillento, quizás un poco ocre. La clorofila modificada para la luz de la estrella roja daba unas coloraciones menos verdes, menos vibrantes. Las plantas de Marte solían ser de un verde oscuro, apagado, pero verde. ¿Sería el color verde otra de esas cosas que nunca volverían a ver?

El análisis químico mostraba, de nuevo, la presencia de aquella misteriosa nueva hormona. La concentración parecía menor que en las algas, mayor que en el agua. O la producía la propia planta o se acumulaba en ella una vez absorbida y la patata no era capaz de degradarla. En el primer caso, la planta mostraría diferencias genéticas respecto a su original. En cualquiera de las dos opciones, hasta determinar el efecto del compuesto sobre la planta y sobre el ser humano, sería mejor no tocar los cultivos de las cúpulas.

—Huang, ayer miraste los datos de natalidad de la colonia, ¿no? —Un componente hormonal nuevo tendría, con bastante probabilidad, efecto sobre la fertilidad—. ¿Puedes ver si la tasa fue disminuyendo a lo largo de los años?

—Son datos de hace más de 20 años—observó Huang—. Y bastante retocados, como vimos ayer. Sobre todo, los de las últimas dos décadas.

—¿Y una estimación?

—La estimación es que bajaron los nacimientos. En los diez últimos años de informes es progresivo. Podría haberse debido a muchos factores. Después, caen en picado o dejan de registrarse.

Las cámaras, calculó Gris, tampoco darían mucha información al respecto. Al menos mientras estuvieron orientadas a áreas de trabajo. Tal vez la dispuesta mirando a los dormitorios mostrase niños, al menos durante un tiempo. Imposible saber si eran más o menos que antes, sanos o no.

—Mientras dormíamos, dejé el ordenador revisando las grabaciones de las cámaras de seguridad —Huang cruzó las piernas sobre su silla, apartándose un poco de los monitores—. En efecto, no hay ningún movimiento registrado, de ningún tipo, desde hace cuatro años.

—¿Hacia dónde miraban esas cámaras?

—La mayoría, al perímetro o las puertas —Huang tamborileaba con los dedos sobre su barbilla, observando el ordenador—. Una hacia los dormitorios, otra al interior de un almacén.

—Si para entonces no usaban la cúpula de dormitorios o ese almacén, no habrían aparecido en las cámaras, ¿no? —Parecía la opción más lógica, pensó Gris, antes de cuestionarse—: ¿Nadie salió o entró de la colonia en cuatro años, ni siquiera para reparaciones?

—Salir, no salió nadie en seis. Por otra parte, tampoco se ven alienígenas ni fantasmas.

—Es un consuelo —Gris se incorporó y se estiró, tocando el techo de la nave con la punta de los dedos—. Entonces tenemos informes falsificados y cámaras mal dispuestas. No hay mucho de dónde tirar. Si quedan colonos, podrían evitar sin problema las cámaras y a ti, durante la visita. O igual se cansaron de la compañía y se construyeron otra cúpula, como quieres hacer tú.

—No podrían haberse alejado demasiado. No tanto como yo querría. Si hay otra colonia, será fácil localizarla —comentó Huang—. ¿No habían llamado a esta Nova Gaia? La siguiente,

¿sería Nova-Nova-Gaia?

—¿Por qué? ¿Piensas bautizar la tuya como Nova-Nova-Nova-Gaia? ¿no Nueva Shanghái?

—La llamaría «Casa de Huang». Evita confusiones. ¿De verdad crees que puede haber otra colonia?

—Incluso si la hubiese, usando las mismas semillas y algas, los mismos materiales, es probable que hubiesen acabado por tener los mismos problemas —opinó Gris—. Salvo si el problema está en la composición del suelo, claro. Pero en teoría el valle de la colonia no tenía elementos tóxicos.

—Vamos a depender de tus análisis de laboratorio —respondió Huang, colocándose de nuevo cerca de la pantalla—. ¿Te sientes con fuerza para intentar ir mañana a las cúpulas? El coche ya está cargado y podría acoplar a tu traje hoy mismo un acumulador de oxígeno, para hacer la prueba. Es tu decisión.

Gris asintió. Sí, era la decisión lógica para el proyecto. También la decisión que quería tomar. Necesitaban más datos para averiguar lo ocurrido. Confirmar, sobre todo, si aún quedaba alguien en la colonia. Al día siguiente entraría a las cúpulas.

Dejando el análisis de la patata pendiente del procesado del fragmento de raíz, se dispuso a su segunda ronda de ejercicio del día. Después saldría a pasear al menos hasta el arroyo. Recogería agua. Probaría, al fin, las duchas de agua en Gliese 581g, a gravedad 1,5 g. Y después elegiría, pensó, si prefería ducharse con agua o en seco.

*

*

*

DÍA ONCE EN GLIESE 581G

Después de despertarse, hacer sus estiramientos y desayunar, Gris se había embutido despacio y pieza a pieza en el equipo de exploración. El concentrador de oxígeno pesaba algo menos que la bombona, más que el filtro de aire. No mantenía una concentración de gases tan estable, pero se podía utilizar durante muchas horas. El truco estaba en no intentar realizar esfuerzos intensos.

—¿Sabes? Según me contó mi bisabuela, su abuelo escalaba alta montaña, en la Tierra —Huang estaba comprobando todos los cierres y ajustes del traje una vez cerrado—. Según parece, en una de sus primeras excursiones aseguraba haber visto un fantasma. El médico le dijo que la baja presión de oxígeno le había provocado percibir dos veces el mismo estímulo y eso causaba la sensación de haber visto o tocado a alguien que no estaba ahí.

—En las colonias ocurre a veces, al trabajar demasiadas horas con el concentrador, o si hay un fallo en una cúpula o un habitáculo y la concentración de oxígeno baja bruscamente —En su infancia, Gris recordaba haber escuchado la misma historia para explicar por qué cuando sonaba la alarma de fuga de gases debía buscar rápido el dispensario médico o el dormitorio más cercano y colocarse una mascarilla de oxígeno—.

Hay personas más sensibles a ese efecto y los colonos suelen estar seleccionados entre los más resistentes. Pero en la época de la primera misión de Gliese 581g la selección aún era un poco rudimentaria.

—Entonces, ¿no corremos el riesgo de que en unas horas empieces a ver a tus padres, o abejas volando? —se burló Huang—. La alarma lumínica saltaría si la concentración de oxígeno en tu traje bajase de un nivel crítico, pero aun así, recuerda: en primer lugar, te dirigirás al control para introducir el programa que llevas en la memoria portátil. Eso deshabilitará la inhibición de señal de radio y podré monitorizar mejor tu situación. Si te digo «Sal ya», dejas cualquier tarea colgada y te marchas. En el robot llevas una bombona de oxígeno pequeña, por si acaso.

—Si creo ver a alguien, espero tu confirmación con la cámara del traje. Si tú no lo ves, es una alucinación, ¿no? —Gris se dirigió al fin a la compuerta. Antes de salir, añadió—: ¿Y si veo un gato?

—Entonces estás alucinando, seguro. Vuélvete. Recuerda: los gatos pueden elegir y no habrían venido voluntariamente a la colonia.

El trayecto sobre el robot-coche fue algo accidentado al inicio, después rápido y sin grandes obstáculos. Días atrás, sentarse durante dos horas en la gravedad exterior habría sido impensable. Ahora podía disfrutar un poco el paisaje, gracias al traje. La verticalidad abrupta del fin de la meseta, con sus estratos perfectamente planos en diferentes tonos de marrón, amarillo o gris. La grava de la llanura polvorienta y seca extendiéndose hacia el rojizo día perpetuo en un extremo y hacia la oscuridad constante en el otro. Al fondo, la cúpula, no muy lejos, su cara oriental brillante por la luz, la occidental apenas visible de no ser por los pilares de sujeción.

Desde el visor de su traje, sin la traducción del espectro

ultravioleta e infrarrojo propias del robot, la arena era más marrón y el agua del primer arroyo, violácea, reflejando el cielo. En el suelo se observaban *Gliesedonia carbonata* y *rosada*, la primera aún más negra, la segunda de un tono siena menos rojizo. Junto a la cúpula, el color de las nuevas mutaciones era, en ambos casos, más azulado de lo mostrado por el robot. Gris-azulada la una, de un celeste rabioso la otra.

Al fin, junto a la puerta de entrada, bajó del vehículo y caminó hasta la puerta. El día previo, Huang había tardado unos minutos en conseguir averiguar el código y entrar. El sistema de seguridad, antiguo, no era obstáculo para la tecnología actual. Una vez dentro lo había desactivado y ahora se podía entrar pulsando simplemente el botón de apertura. Al fin, no parecía probable que nadie fuese a intentar colarse en el recinto.

Una vez dentro, Gris venció la tentación de comenzar a tomar muestras de la tierra, de los restos de polvo en los marcos de las ventanas, de las formas de vida nativas mutadas en el interior y de cada detalle del camino y se dirigió, según lo previsto, al control. Introdujo el programa de Huang en el ordenador central y esperó apenas dos minutos.

—¿Me recibes? —preguntó a su copiloto.

—Sin problema. Ya tenemos radio —respondió Huang desde la nave—. Voy a manejar a distancia el robot para ir tomando las muestras de *Gliesedonia* y vegetales que querías mientras tú exploras los edificios.

Habría respirado hondo si eso no consumiese más oxígeno, pero aun así, Gris se sintió mejor. Comenzó su ruta dirigiéndose, según el mapa, al edificio del dispensario médico y los laboratorios.

La pequeña consulta tenía tan solo un ordenador, apagado. Tras intentar conectarlo, encenderlo o averiguar cuál era el fallo, sin éxito, preguntó a Huang si se le ocurría algo. Finalmente, decidieron abrir la antigualla y extraer su sistema de memoria para analizarlo en la nave.

El laboratorio, tan vacío como el resto, tampoco tenía ordenadores funcionando. Sin preguntar esta vez, Gris extrajo la memoria del sistema de cada uno de los tres laboratorios. El material, por otra parte, podía resultarle útil para estudiar las nuevas mutaciones de formas de vida nativas o terrestres. Si bien muy primitivo, tenía una secuenciadora de ADN, antigua y lenta pero tal vez reparable con algunos ajustes, y el laboratorio de microbiología tenía materiales para realizar cultivos en diferentes condiciones.

Como primer paso, esterilizó los materiales necesarios y buscó medios de cultivo para Gliesedonia. Había traído muestras de las variedades originales, la azul y la gris y procedió a sembrarlas e introducirlas en diferentes cámaras. Modificando la concentración de oxígeno, la humedad media, la temperatura o la presión, podría aventurar en qué condiciones se podría dar cada subespecie. Introduciendo en los cultivos plata, concentraciones altas de sílice o mercurio, podría comenzar a entender qué suelos eran más o menos favorables al crecimiento de aquellos seres unicelulares.

Después de dejar sus muestras preparadas, con el plan de valorar el crecimiento a las cuarenta y ocho horas, en una semana o incluso a las varias semanas, dejó el edificio para continuar su exploración de la colonia.

La bomba del pozo no funcionaba, como Huang había descubierto. Sin embargo, en uno de los almacenes de pertrechos fue posible encontrar un cubo metálico y una soga y recurrir a los viejos sistemas de vaciado. La cubierta del pozo se podía abrir accionando una sencilla manivela y el agua quedaba apenas a diez metros de profundidad, en las peores mediciones. Uniendo tres sogas de cinco metros la longitud era más que suficiente. Gris extrajo al fin las muestras de agua y algas y las almacenó en el cuerpo del robot.

—Hasta el momento, ni el robot ni tú habéis registrado movimiento ni evidencia de humanos —notificó la voz de Huang a través de la radio—. Ni de otros animales, por lo que pueda valer.

—Tú eres el experto en gatos. ¿Dónde los buscarías?

—En casa de mi bisabuela en la Tierra —Hubo una pequeña pausa en la transmisión—. Desde donde estás, la cúpula más cercana es la de dormitorios, pero no siendo hora de dormir no debería haber nada de interés en ella.

—Prefiero comenzar por la agrícola y los almacenes de comida —opinó Gris—. De no haber nadie, al menos podremos tomar muestras de los alimentos y las plantas. Y de haber alguien, deberían estar trabajando.

—Por cierto, las lecturas de tu traje y del robot indican concentraciones de oxígeno en la cúpula cercanas al 19 %. Por si prefieres seguir sin escafandra.

—Es más prudente seguir usando el concentrador, hasta saber si hay algún tóxico inhalable —Mientras llegaba al primer bancal de la huerta, Gris intentó repasar gases con efecto neurotóxico que pudiesen haberse acumulado en las cúpulas—. Este es el bancal del que tomaste las muestras de patata el otro día. Voy a pasar a los siguientes.

—¿Ya estás buscando zanahorias?

—Naranjas no va a haber —De forma sistemática, Gris tomó muestras de la tierra, al menos una planta completa y, cuando había, *Gliesedonia* contaminante, de cada bancal. La mayoría eran de patata, con crecimiento desigual y alguna leve variación de color o de tamaño de hojas—. No veo evidencias de insectos en la tierra. Voy a revisar el panal para ver si puede quedar alguna abeja.

Después de comprobar la ausencia de insectos y recoger el cuerpo desecado de la última abeja reina, Gris decidió entrar a los almacenes de comida. No había espacio para muchas más muestras. Tomaría alguna muy significativa y marcaría cosas útiles a vigilar para días sucesivos.

En los anaqueles había harina de patata, algunos botes de zanahoria en conserva, verduras liofilizadas, algas secas, harina de algas, conserva de algas, hojas de planta de patata o zanahoria desecadas. Las algas secas y la harina de patata eran, en teoría, los alimentos básicos de los colonos. Los dos últimos espacios de muestra fueron ocupados por esos dos alimentos.

Los anaqueles previstos para otras frutas o verduras, como los tomates o los melones, estaban casi vacíos, salvo por algún bote roto o vaciado en el pasado. Hacia el fondo, la frecuencia de botes rotos era mayor. El área donde debería haberse guardado la miel estaba vacía. Los restos pegajosos en el estante indicaban su presencia pretérita.

Al fondo, Gris observó algo en el suelo. Un objeto ovalado, tal vez marrón. Al acercarse, el objeto parecía mayor, conectado a algo tras la estantería. Al final del pasillo, al rodear la estantería, en el rincón más alejado de la puerta del almacén, yacían dos cuerpos humanos cubiertos de manchas de *Gliesedonia* y rodeados de botes vacíos, uno de ellos tumbado sobre un camastro, el otro, cuyo pie asomaba por el pasillo, caído antes de llegar a las sábanas.

—¿Estás viendo esto? —Los cuerpos, observó Gris, estaban momificados. El ambiente seco del almacén debía haberlos preservado—. ¿Qué hacen aquí?

—Mierda. ¿Pueden ser los últimos colonos?

—Eso parece —El cuerpo de la cama parecía de un adolescente o un niño, piernas y brazos curvados y acortados—. El pequeño tiene signos de malnutrición. Tal vez se mudaron para tener la comida cerca…

—Mientras llegaba la ayuda, sí —observó Huang—. Mientras llegábamos.

*

*

*

DÍA DOCE EN GLIESE 581G

Después de volver, Gris había necesitado cerca de diez horas de sueño para recuperarse. Un sueño interrumpido por pesadillas de cadáveres hambrientos esperando en vano, a veces el suyo. En otro sueño, los colonos de la Gliese II despertaban ya muertos al llegar al planeta. La ayuda, en su pesadilla, nunca llegaba.

En algún momento habría jurado haber notado una caricia sobre la cabeza, entre pesadillas. Unos dedos deslizándose con suavidad entre su pelo corto, dibujando círculos. Otro sueño imposible. En Gliese 581g no había humanos.

No había tomado muestras de los cuerpos. No tenían tanto espacio y el estado de conservación permitía esperar un día más para poder estudiarlos y diseccionar los diversos órganos. Durante su viaje de vuelta, Huang había revisado las imágenes en busca de algún signo de la causa de su muerte. De momento, el déficit de vitamina D del niño parecía claro por las alteraciones de los huesos. En teoría el aporte debería haber sido suficiente con la dieta prevista y la exposición solar.

Tras varios intentos, Huang no había conseguido aún acceder a las unidades de memoria traídas desde la colonia. La del dispensario y la de uno de los laboratorios parecían irrecuperables. Las otras, con trabajo, tal vez diesen algún fruto.

Gris decidió probar la ducha de agua. Tal vez aún no se hubiese habituado a la gravedad. Quizás los músculos y la piel de Huang fuesen más firmes. Notaba un pequeño dolor como de agujas romas sobre la piel con cada gota. Por el momento, le pareció más resolutiva, cómoda y rápida la convencional.

Engulló su pasta y se sentó al ordenador. Notaba los párpados hinchados, los gemelos y la espalda doloridos, la garganta seca, a pesar de haber bebido ya un vaso entero. Durante su sueño, Huang había cargado las muestras de agua y algas en el laboratorio y había copiado sus órdenes de análisis de las muestras de los arroyos. El resto de muestras esperaban almacenadas. El robot había sido desinfectado y se había recargado. Estaba listo para la siguiente incursión.

—Lloverá en unas tres horas, durante algo más de 30 minutos —En la pantalla de Huang aún se veía la imagen de los dos cuerpos en el almacén—. Si salgo ahora, podría estar dentro de la cúpula y salir cuando haya pasado. Podríamos estudiar ya los cuerpos y su entorno, antes de enterrarlos.

—¿Dónde puede estar el resto de los colonos? —La pregunta era en parte retórica. Los cuerpos, recordaba Gris, se compostaban, como todo. Solo los últimos supervivientes permanecerían sin tratar ni enterrar—. ¿Podemos encontrar más cadáveres?

—Tal vez. Incluso algunos en el exterior —opinó Huang—. Quienes salieron a explorar y se perdieron, o no pudieron volver a entrar. Eran pocos, pero tal vez nadie recuperó sus cuerpos. Los colonos que no llegaron a despertar de la Gliese I probablemente sigan en la nave. Trasladarlos sería costoso.

—También puede haber cadáveres en la cúpula prisión —Una cúpula extra que no habían visto al rodear la colonia, pensó Gris. Podía estar lejos, hacia el sur, aunque el radar no había detectado nada extraño al aterrizar— Tal vez los dormitorios estaban cerrados por eso —reflexionó en voz alta.

—¿Crees que los encerraron allí, sin comida y sin que

nadie pudiese entrar ni salir? —Huang tragó saliva—. Intentaré entrar de nuevo en este viaje. Deberíamos comprobarlo. También está la opción de la segunda colonia, aunque tendrá que esperar a que acabemos de analizar la primera.

Gris asintió en silencio. Vio a su copiloto levantarse, vestirse, ahora ya con más habilidad, y cruzar la doble compuerta. Desde el control podía ver su video registrando cómo subía al vehículo y partía hacia la colonia.

Gris se giró hacia los análisis del agua y las algas. Agua potable, mostraban los datos, con restos de componentes biológicos de ambos planetas. Esta vez, Gris buscó dos compuestos concretos: la extraña hormona vegetal terrestre y un compuesto de *Gliesedonia* presente en el agua del otro arroyo y en las muestras azules, pero no en las especies antiguas. Ambos aparecían también en agua y algas del interior de la cúpula. Las algas, por otra parte, tenían un patrón de crecimiento atípico para su especie. ¿Era, tal vez, efecto de la hormona o de las condiciones climáticas?

Los primeros informes de Nueva Gaia aseguraban tener vegetales y algas similares a los desarrollados en Marte con semillas idénticas. En los datos de la colonia tampoco aparecían crecimientos alterados, aunque podrían estar falseados.

—Huang, ¿me escuchas? —Inició la comunicación—. Aparte de estudiar los cadáveres o los dormitorios, ¿podrías ver si en el laboratorio tienen aún muestras antiguas de plantas o algas?

—¿Muestras antiguas? ¿No prefieres revisar los cultivos que tomaste ayer?

—Los cultivos no tendrán información útil hasta dentro de dos o tres días —respondió Gris—. Es mejor no tocarlos aún. Pero me gustaría comprobar algo en las placas antiguas.

—¿Alguna cosa en concreto?

—Algas o planta de patata de diferentes épocas —Una

muestra de cada diez años, si la hubiese, sería perfecta para valorar cambios, calculó. Si las hubiese.

Mientras Huang terminaba el trayecto hasta las cúpulas, comparó los análisis de las algas de los arroyos externos a la colonia con las nuevas. La nueva hormona no aparecía en las algas del primer arroyo, el rico en mercurio; esas primeras muestras tenían un crecimiento pobre, con acumulación del tóxico. Las otras muestras de fuera de la colonia sí tenían concentraciones moderadas de la nueva molécula y un patrón de crecimiento más fibroso de lo esperable. Era una alteración leve, pero ahí estaba. En las algas del interior de las cúpulas las alteraciones eran más evidentes, incluida la presencia de la hormona.

Saltándose su propio protocolo, una vez hubo desinfectado el laboratorio, Gris decidió analizar la abeja. Una última reina cuyas obreras debieron perderse por la colonia, a veces incluso en el exterior. Otros pequeños cadáveres desecados podrían aparecer entre las plantas o dispersas por la colonia. La especie debería haber sobrepasado ya la centésima generación en Nueva Gaia. De haberse adaptado bien, habrían permitido, como en Marte o Europa, extender y aumentar los cultivos sin depender de las engorrosas máquinas polinizadoras. Pero nunca llegaron a tener más de una reina a un mismo tiempo y solo las primeras decenas de reinas tuvieron descendencia. Después, fue necesario buscar de nuevo huevos en la nave-buque Gliese I.

Comenzó a despedazar la muestra con delicadeza, tomando imágenes de todo el proceso, hasta poder diseccionar suficientes elementos del insecto para valorar cambios respecto a las abejas originales. En los informes enviados a Tierra, de nuevo, se comentaban biopsias a las abejas, en teoría sin nada concluyente. Siempre daba más información la muestra original, por otra parte.

—Voy a entrar a las cúpulas —informó Huang, ante la puerta de entrada—. ¿Puedes guiar el robot para una vuelta de reconocimiento del perímetro, ahora que la inhibición de señal le permite acercarse mejor? Así tendremos información de todos los sectores, para saber cuáles explorar primero.

La abeja reina quedó en espera durante la excursión del vehículo explorador, bajo una lluvia leve. Gris fue dirigiéndolo, siguiendo el borde exacto de la cúpula, salvo cuando los accidentes del terreno obligaban a alejarse unos centímetros, deteniéndose a aumentar la imagen en puntos donde se pudiese apreciar algún detalle dudoso o interesante. Bultos extraños, sombras mal definidas, en escasas ocasiones una herramienta fuera de lugar.

La cúpula de dormitorios mostraba, en su cara oeste, la espalda de los edificios. ¿Qué sentido habría tenido construir ventanas hacia la noche perpetua? Los callejones estrechos de esa área dejaban poco espacio para explorar. Por su parte, Huang había intentado acceder desde la sala de control, sin éxito, y en ese momento intentaba abrir la compuerta.

Al rodear el sur y girar hacia el este, la hilera de casas rodeaba una plaza mirando hacia el atardecer perpetuo. Todas las ventanas, todas las puertas abrían hacia oriente, hacia el sol. A su vez, pocos metros más lejos, comenzaba la cúpula de huertas. El robot no había podido pasar entre ambas el primer día.

Las puertas desencajadas, las ventanas de persianas rotas, los muros manchados o golpeados, daban una impresión de abandono mayor que la del resto de la colonia. No de abandono, sino de destrozo. En la plaza, tirados en el suelo, aparecían varios bultos. Fue necesario acercar la imagen para identificar al menos uno de ellos como un cuerpo humano, torcido en una postura extraña y con aspecto desecado. Otros montículos, de menor tamaño y dispersos por el suelo, no parecían identificables.

Por mucho que lo intentaron, ni consiguieron acercar el

robot para ver mejor la imagen o intentar captar el interior de las viviendas, ni Huang consiguió abrir la compuerta. Los mandos estaban rotos e inutilizados y solo se podría acceder rompiendo los cristales de acceso o sacándolos de sus marcos.

—Sospecho que hemos encontrado la famosa «cúpula prisión» —Al fin, Huang se alejó hacia el laboratorio—. ¿Los encerraron en un área sin alimentos y sin posibilidad de entrar o salir?

—No sabemos si les dejaron comida o no —Gris inició el retorno del robot, completada esa mitad del perímetro, para facilitar a su copiloto almacenar las muestras de los dos cuerpos del almacén—. Tal vez trasladaron alimentos y utensilios para facilitarles la supervivencia.

—Pero no tenían huerta —recordó Huang—. Si la compuerta estaba inutilizada, los encerraron para dejarlos morir, tarde o temprano. De hecho, si hubiese nacido un niño dentro no habrían podido sacarlo. O si hubiese habido otro asesinato…

—No sabemos si inutilizaron la entrada desde el inicio o si fue al final, cuando ya quedaban pocos colonos.

—En todo caso, iban a dejar morir a quien estuviese en los dormitorios cuando inutilizaron la puerta —Huang abrió la entrada del laboratorio de agricultura—. Si no tenían huerta y no esperaban una segunda remesa de colonos en varias décadas, nadie podía sobrevivir dentro. —Es uno de los motivos por los que no me gusta la gente. Cuando tienen miedo, hacen cosas así —añadió Huang antes de renunciar a abrir la puerta y regresar al laboratorio.

Gris maniobró el vehículo explorador de vuelta hasta la entrada del laboratorio, donde Huang podría recogerlo al terminar de buscar las biopsias antiguas de alga y patata. Según los informes, al inicio los estudios habían sido frecuentes y con varias muestras de cada especie introducida, aunque muchos ya no se conservaban. En el almacén del laboratorio se guardaban aún las de no más de treinta años y no menos de quince, tomadas con una periodicidad, como mucho, de cada cinco años. Las demás se habían eliminado o, en las últimas décadas, no se habían tomado.

Terminada la selección, Huang caminó con el robot hacia el almacén, en busca de los dos cadáveres descubiertos el día previo.

—Al menos estas dos personas murieron con comida —murmuró, más bien para sí, mientras entraba—. Por lo que me dijiste ayer, no muy bien alimentados, pero no hambrientos.

—El niño estaba malnutrido, desde luego. Si llevaban tiempo comiendo conservas…

—Podían acceder a la huerta para conseguir otros alimentos —En ese momento, la cámara de Huang mostraba los dos cuerpos. Un hombre adulto y un niño. Al acercarse a dar la vuelta al hombre, observó que le faltaban varios dedos y tenía una pierna girada en un ángulo extraño—. O en algún momento dejaron de ser capaces de salir. Pero el adulto debió ser capaz de moverse, para trasladarse hasta aquí.

—Tal vez usó sus últimas fuerzas para traer al niño —Gris no se sintió capaz de contar el resto de la historia en voz alta: el niño en un almacén, sin ayuda, viendo morir al último adulto—. Y ya no quedaba nadie para cuidarlo.

—No es muy prudente tener hijos estando a cerca de medio siglo de viaje del ser humano más cercano, no —observó Huang—. Al menos no tendremos que preocuparnos por eso.

—No, en nuestras condiciones actuales, no. Esperemos que lo que enloqueció a los colonos no te vuelva fértil y nos haga perder la cabeza.

—¡No, por favor! Un embarazo, a mi edad, sin asistencia médica, sería un suicidio.

Durante las siguientes horas, Huang fue moviendo los

cuerpos según se le indicaba mientras el robot perforaba, cortaba y extraía fragmentos de hígado, riñones, piel, hueso, músculo, músculo cardíaco, nervios periféricos y sistema nervioso central. Junto con los seis pequeños portaobjetos con antiguos fragmentos vegetales, llenaron el espacio de almacenamiento del robot.

Gris aprovechó el largo viaje de regreso para continuar el estudio de la abeja. El análisis químico de los tejidos, de entrada, había demostrado una alta concentración de la hormona vegetal. Al parecer no solo era absorbida: o se acumulaba en el organismo animal sin degradarse o las abejas producían una sustancia similar propia. El análisis microscópico de los diversos órganos mostraba una alteración del crecimiento neuronal, leve y sutil. Si esta era la última generación de abejas, tal vez en las previas resultase imperceptible. Aun así, resultaba extraño pensar cómo aquel componente atípico y aquellas alteraciones afectando a vegetales e insectos no habían sido descritos en los informes. ¿Fueron borrados, como la información médica? ¿Los cambios fueron tan sutiles y progresivos como para no ser evidentes a tiempo de haberlos estudiado? ¿O tal vez aquellas anomalías se detectaron a tiempo, pero carecían de relevancia?

*

*

*

DÍA TRECE EN GLIESE 581G

Las placas de cultivo de *Gliesedonia* mostraban crecimientos desiguales a las cuarenta y ocho horas. De las especies conocidas, la *rosada* era la de crecimiento más rápido, según los estudios previos, y la mayoría de especies nuevas derivaban de la *carbonata*. Sin embargo, las muestras con oxígeno y condiciones similares a las de la cúpula ya presentaban crecimiento. No así las de condiciones externas a la cúpula.

—De momento, las muestras cultivadas con plata, sean cuales sean las condiciones, no están creciendo —comentó Gris a través de la radio—. Lo suyo sería mantener el cultivo al menos el doble del tiempo necesario para que crezcan las muestras que consigan hacerlo. Pero si se confirma, podría ser la causa de la falta de *Gliesedonia* en la meseta. Y un buen antiséptico.

—Entonces, podríamos construir una cúpula aquí para sobrevivir hasta la llegada de la nave-buque, ¿no? —Desde la lanzadera, Huang guiaba al robot para completar la inspección en proximidad de todo el perímetro y el campo de placas solares—. Podríamos reutilizar materiales de la colonia. Ellos no los van a necesitar.

—Materiales tal vez, pero las algas y las plantas pueden haber mutado o estar contaminadas por algún producto tóxico—El viaje de aquel día tenía como objetivo poder utilizar la secuenciadora genética del laboratorio de la colonia.—. No sería prudente utilizarlas hasta saber si son seguras para consumo o son la causa de los problemas neurológicos y la muerte de los colonos.

—¿Descartas la falta de oxígeno o los déficits de vitaminas y apuestas por la hormona mutante?

—Es pronto para descartar nada —admitió Gris—, pero la falta de oxígeno y los déficits vitamínicos se habrían detectado y tratado antes de afectar a toda la población. De hecho, los estuvieron estudiando como posible causa. La pregunta sería de dónde viene la hormona.

—¿Ahora sí crees en alienígenas inteligentes conspirando contra los humanos?

—¿Hombrecillos verdes de dos piernas y dos brazos envenenando las algas? Lo dudo —Gris introdujo en el secuenciador una muestra de algas actual de la colonia, sendas muestras de los arroyos externos y buscó en los archivos la secuencia genética original—. Pero no sé si algunos vegetales terrestres mutaron e hicieron mutar a las formas de vida nativa, o si fue una variedad de *Gliesedonia* la que cambió primero, por el exceso de oxígeno, e indujo la mutación en algas.

—Creía que eran formas de vida incompatibles con las terrestres —recordó Huang—. ¿No se suponía que eso hacía el ecosistema seguro?

—Son incompatibles y en teoría no producían ningún producto con efecto sobre formas de vida terrestre. Eso hacía el sistema más seguro, pero si han mutado, no sabemos si, además de su tolerancia al oxígeno, tienen otras alteraciones que puedan afectarnos.

—¿Y no pueden haber mutado los dos grupos de algas por separado?

—Podrían, sí. Sería mucha casualidad que algas en dos

fuentes de agua separadas desarrollen mutaciones idénticas espontáneamente, pero podrían —En la pantalla se observaba la comparación de las tres secuencias. El laboratorio permitía apreciar diferencias, sin detallar genes o mutaciones específicas. Gris comparó las tres secuencias con la original. Una única desviación aparecía en los genes de las dos muestras con la nueva fitohormona —. Bien: tenemos las algas listas. El arroyo rico en mercurio tiene algas con la secuencia genética original. Son algas enfermas por el mercurio, pero genéticamente sanas.

—¿Nos las podríamos comer, entonces?

—Si no quieres acabar con una neuropatía por mercurio, ni se te ocurra —Mientras hablaba, Gris fue retirando las muestras de algas para comenzar a estudiar las patatas, zanahorias y tomates de la huerta—. Las otras muestras de algas tienen una diferencia, la misma en ambos casos, respecto a la secuencia original. Con este equipo no es posible saber cuál ni qué significado tiene, pero dos muestras separadas presentan la misma mutación.

—Enfermar por mercurio, enfermar por algas mutadas... —Huang respondía mientras tecleaba a gran velocidad, guiando el robot—. Algas mutadas filtrando el aire, el agua y la comida. Suena prometedor. ¿Crees que las muestras de la nave-buque Gliese I habrán mutado también?

—En teoría, en la zona oscura, sin luz, a temperaturas bajo cero, y con poco oxígeno, no puede haber Gliesedonia, y menos azul. Las semillas y huevos que queden, si aún son viables, no deberían haber mutado. No deberían haberse reproducido —El genoma de las verduras fue apareciendo en la pantalla. Gris abrió las secuencias originales y, después, las de las algas mutadas—. Las verduras no parecen presentar ninguna mutación. Sin embargo, sí tenían una concentración elevada de la fitohormona. Pueden haberla absorbido del agua de riego. La molécula parece afectar algo a su crecimiento, haciéndolos más fibrosos. Tal vez afecte a la floración y la fructificación, pero saberlo requeriría más estudios.

—¿Pueden haber mutado las abejas o los colonos?

—O ingirieron la hormona y fueron incapaces de metabolizarla —De las muestras de los cadáveres, Gris había elegido estudiar primero el hígado y el sistema nervioso. El primero, porque cualquier tóxico entrando al organismo debería ser metabolizado a nivel hepático. El segundo, porque tanto los síntomas de los colonos y abejas como el análisis de la primera indicaban una afectación neurológica. Aún tardaría un par de días en tener resultados—. No tengo más muestras de abeja aquí, pero voy a coger muestras de ambos cadáveres para intentar secuenciarlos.

—Bien. Yo estoy llegando a las placas solares —informó Huang—. De momento no he visto más cadáveres ni otras novedades. Gris, si no podemos utilizar las plantas, la tierra ni el agua de la cúpula...

—Como habíamos previsto, necesitaríamos recuperar materiales de la nave-buque. ¿Podríamos enviar el robot?

— Un viaje a la zona oscura hasta la nave llevaría más de dos días de ida y dos de vuelta. Necesitaríamos acoplarle el motor de fusión. El motor solar no funcionaría y la batería no sería suficiente —comenzó a planificar Huang—. Y lo más prudente sería una misión tripulada, para no arriesgarnos a perderlo. Podría haber problemas con la señal de radio o podría quedarse bloqueado en algún punto.

—Bueno, al menos tenemos tiempo de margen para prepararnos y para construir nuestra cúpula, antes de acabar con nuestros alimentos.

Ya en el almacén, Gris se agachó sobre los dos cadáveres. Más adelante, pensó, cuando hubiesen terminado de analizarlos, de recoger materiales, de construir su cúpula y de investigar, mucho más tarde, sería necesario enterrar los cuerpos, o compostarlos, u ocuparse de ellos de algún modo. También de los de los dormitorios, si conseguían entrar.

Llevó las muestras al laboratorio. Sería más difícil interpretar esos datos. Al fin, eran dos seres humanos genéticamente diferentes, de cuyo genoma original no disponían. En teoría, dada la época de la primera misión, los colonos no deberían tener mutaciones genéticas artificiales. Pero con esos medios rudimentarios, necesitaría secuenciar el ADN de varios cuerpos humanos más para poder aventurar si había o no mutaciones.

*

*

*

DÍA CATORCE EN GLIESE 581G

Las algas habían sido la clave de todo, desde un principio. Eran la base del ecosistema, como en todos los planetas semi-terraformados. Primero, agua. En el agua, las algas. Cuando las algas crecen lo suficiente en una cúpula cerrada, se puede respirar el aire en su interior. En teoría, habiendo agua en forma líquida en el exterior, al contrario que en Marte o Europa, era viable liberar las algas en el exterior para tener, en un futuro, una atmósfera respirable sin necesidad de cúpulas. Una atmósfera que la gravedad de Gliese 581g sí habría retenido.

— ¿Las algas mutadas producen alteraciones en el aire? —En su asiento, Huang calculaba el viaje hasta la nave-buque Gliese I y las necesidades de adaptación del vehículo-robot—. Si el aire que producen es tóxico y ya las han liberado en ríos fuera de la colonia, la atmósfera que generen no sería respirable, ¿no?

—De momento el aire parece normal, pero es pronto para estar seguros. Sí contaminan el agua con la fitohormona —Gris, por su parte, comparaba los portas de muestras vegetales de años pasados con las actuales. Primero había cargado las imágenes en el ordenador y ahora, ampliándolas y superponiéndolas, intentaba encontrar indicios de los primeros cambios—. Y, si la mutación la produjeron las *Gliesedonia* mutadas, mientras no las eliminemos, las algas volverían a producir la hormona al entrar en contacto.

—¿Y es seguro que esa sea la causa de la enfermedad de los colonos y las abejas?

—No. Sin informes ni biopsias médicas antiguas y con los laboratorios de la colonia y la nave, probablemente no se pueda conseguir un diagnóstico de certeza. Tal vez cuando consigamos estudiar otros cadáveres humanos…

Los cambios en las muestras de patata habían sido progresivos y sutiles. En las últimas dos tandas de muestras de la colonia, de hacía nueve y catorce años, se podían apreciar. En las previas, solo cuando se sabía qué mirar. El cambio, al fin, no era tan llamativo como para haberlo observado antes. Las concentraciones de la fitohormona no eran valorables en aquellas muestras ya desecadas. Si no la habían encontrado, si no la conocían aún, las alteraciones podrían haber sido atribuidas a cambios ambientales.

En las algas, por su parte, se apreciaba una década antes el crecimiento anómalo. De nuevo, aquel aumento de partes fibrosas y del tronco de los especímenes podía haber parecido irrelevante. Tal vez lo habrían atribuido al cambio de luz solar, a la baja concentración de oxígeno original, al contenido mineral del agua.

De las memorias recuperadas, hasta la fecha, tan solo habían conseguido extraer datos de una de ellas, incompletos y alterados. Aún estaban intentando depurarlos para poder analizar su contenido. Sin embargo, si ningún informe mencionaba la fitohormona, Gris no contaba con encontrar nada al respecto en la memoria.

—En los próximos días me gustaría poder analizar los cadáveres en busca de signos de bacterias —Era, pensó Gris, la otra gran hipótesis restante. Algún tipo de infección afectó a los colonos—. En teoría, las únicas esperables serían las de la flora bacteriana de los propios colonos. No era una flora modificada y diseñada, como la nuestra, pero sí seleccionada para minimizar el riesgo de infecciones o desequilibrios.

—¿A estas alturas sobrevivirían las bacterias, sin los colonos?

—No. Tal vez algunas, en el agua de desecho que no se haya depurado aún —Más adelante, después del viaje a la Gliese I y de construir su cúpula, Gris planeaba, también, explorar el arroyo más allá de la cúpula en busca de restos biológicos de la colonia—. No podemos aferrarnos a una única hipótesis y dejar de investigar las otras.

—Parece pillado por los pelos —Huang se levantó, estiró los brazos sobre su cabeza y se colocó junto a Gris, acariciándole el pelo de modo casual—. De momento, lo único claro es que necesitamos nuestra propia cúpula, en un entorno sin hongos de Gliese y sin bacterias del pasado, ¿no? —Sus dedos delgados trazaban pequeños círculos entre los cortísimos cabellos de Gris—. Y, a ser posible, con semillas limpias de la Gliese I.

—¿Caricias? Creí que no te gustaba el contacto humano —sonrió Gris. Huang detuvo la mano en el aire—. ¡No! ¡Sigue, sigue! Me gustan las caricias.

—Lo sé. Cuando tienes pesadillas, dejas de gritar si hago esto.

—¿No te molesta?

—Es un poco como acariciar a un gato. Tu pelo es más áspero, pero a falta de gatos… Pero no, las caricias no me molestan. No me apetecen mucho otros contactos, ni convivir con demasiadas personas juntas, pero las caricias son agradables. Avisadas.

—Avisadas. Tomo nota —sonrió Gris, dejándose masajear.

Cerró los ojos unos segundos.

—¿Qué ocurrirá si nos equivocamos, o si no conseguimos encontrar una solución definitiva? —Huang señaló el análisis del alga en la pantalla—. Gliese II llega en diez años. Gris, ¿qué ocurrirá si para entonces, ya sean la causa las algas, las bacterias, los hongos o el sol, no podemos eliminar la causa de la demencia?

—Nos veríamos limitados a vivir en cúpulas en las zonas «limpias», como esta meseta, me temo. Si al final la meseta de verdad está limpia. Si las Gliesedonia, y no las algas, son la causa.

—¿Cuántas mesetas sin el dichoso hongo puede haber en la región del terminador?

—No sé cuántas vetas de plata habrá en el planeta —Hasta el momento, Gris había observado algo de crecimiento en las muestras de *Gliesedonia* con mercurio o sílice, nada con la plata—. Antes de la llegada de la Gliese II, deberíamos tener un mapeo geológico de una franja amplia del terminador, para saber dónde no establecernos. Tenemos diez años para hacerlo.

Aún no habían terminado de mapear el arroyo, pero su origen parecía estar en los montes tras la nave. Si no atravesaba ningún área sin plata o con Gliesedonia, tal vez pudiesen sobrevivir al menos hasta la llegada de la nave-buque. Para entonces, precisarían una respuesta definitiva o, como mínimo, un área segura amplia para la nueva colonia.

—Gris, ¿y si los dichosos hongos mutasen y se hiciesen tolerantes a la plata?

—Para cuando eso ocurra, espero tener localizados otros tres o cuatro tóxicos más para eliminar *Gliesedonia* — El número de venenos disponibles en el planeta, calculó Gris, sería limitado, pero dos o tres venenos efectivos no era mucho pedir—. La opción de que la Gliese II de la vuelta, en todo caso, es inviable.

—A estas alturas, no tendrían combustible suficiente. Llegarán en diez años, esté o no preparado el planeta.

—Con suerte, la tercera misión recibirá la alerta a tiempo para dar media vuelta.

—¿Y volver dónde? —Huang se dejó caer de nuevo en su asiento—. ¿A otra colonia? La Tierra no los acogería con agrado.

*

*

*

DÍA QUINCE EN GLIESE 581G

De nuevo tocaba cambiar las rutinas. Apenas dos semanas atrás, le habría parecido impensable tanto cambio en tan poco tiempo. Durante los siguientes días, Huang diseñaría una pequeña cúpula adherida a su lanzadera. Calcularía qué materiales serían necesarios, cuáles recuperar de la colonia, cuáles de su propia lanzadera y cuáles de la Gliese I

Vigas de metal y cristales para el exterior, de momento sin persianas. Ya las pondrían más adelante. Desinfectante para limpiar los materiales de la colonia: los lavarían con lejía, traída de la colonia, antes de subir a la meseta y los volverían a desinfectar con aire caliente y lejía una vez en ella. Testarían la Gliesedonia, las algas de la colonia y la fitohormona en cada material antes de usarlo. Harían falta varios viajes para una cúpula de menos de unos quince metros cuadrados.

El tanque sería construido con piedras de la meseta para evitar contaminaciones, y nutrido con agua del arroyo. Viajarían hasta su nacimiento, cerca de la zona oscura, rastreando formas de vida nativa o terrestre, para asegurarse. Depurarían el agua antes de verterla en su tanque. En él, liberarían una porción de las algas de la propia lanzadera y no otras.

Tal vez se pudiesen adaptar los filtros de aire o los concentradores de oxígeno para tener aire respirable en el interior, más adelante.

La huerta debería esperar. A tener un mínimo porcentaje de oxígeno en el aire de la cúpula, tierra cultivable limpia, semillas viables nuevas, si las hubiese. A estar seguros de la causa de la enfermedad de los colonos. ¿Y si el larguísimo proceso de estasis de colonos, semillas y huevos hubiese sido el responsable de las mutaciones?

Las investigaciones continuarían, por supuesto. Más muestras, más hipótesis, más análisis, más exploraciones, más detalles. ¿Tendrían realmente diez años para analizarlo todo, estudiarlo todo, o enloquecerían antes de terminar su trabajo y de la llegada de la nave-buque?

—¿Cómo llamaremos a nuestra aldea? —preguntó Huang—. Nova-Nova-Nova-Gaia no me convence.

—En la Tierra había un lugar llamado Río de la Plata. Un poco como nuestro arroyo.

—¡Vamos! ¡Es casi como llamarlo Río Gris!

Río Gris, lago Huang, península Shanghai… ¿Llegarían a hacer un mapa de aquel planeta o, al menos, del terminador antes de la llegada de la Gliese II? Tal vez incluso encontrasen una pequeña colonia apartada, con habitantes discretamente locos, pero no del todo. Verían llegar a Gris, con sus dos metros de altura y su traje antigravitatorio, y lo tomarían por un alienígena. Tal vez pensarían: «Tenían razón los demás, al final».

—No me va a dar tiempo a intentar entrar en la «cúpula prisión» —Huang calculaba los viajes necesarios para treinta postes, tantos metros de cristal, tantos litros de desinfectante—. Al menos, no hasta terminar de traer materiales.

—En teoría hay tiempo. Están desecados y no se van a deteriorar más, aunque tardemos meses.

Las muestras de hígado ya habían dado resultado. Con altas concentraciones de la fitohormona y signos claros de sobrecarga, sobre todo en el adulto, el elemento parecía acumularse a lo largo de la vida. En el sistema nervioso también se detectaban concentraciones elevadas, pero los cambios morfológicos eran más difíciles de valorar, al menos para los conocimientos de neuroanatomía de Gris. En la biblioteca de la colonia tal vez encontrase libros e imágenes para comparar.

Tal vez con cultivos cruzados de *Gliesedonia* original o azul con algas no mutadas, pensó, podría estudiar si eran aquellas formas de vida nativas las responsables de la mutación de las algas. Necesitaría un medio acuático no contaminado, envases esterilizados… ¿Valdrían las algas de la lanzadera o serían demasiado diferentes de las de la misión Gliese I? ¿Tal vez las del arroyo rico en mercurio, tras depurarlas durante varias generaciones?

Añadió el cultivo a la larguísima lista de cultivos a realizar. Si no les diese tiempo, si ocurriese algo antes, al menos dejarían constancia del plan de trabajo para cuando llegase la Gliese II.

—¡Aldea del Gato! —exclamó Huang—. La deberíamos llamar Aldea del Gato. Será una reivindicación.

—¿Para que la Gliese III de media vuelta y traiga gatos?

—Los gatos no se dejarían. Pero chocolate, o naranjas, o un jardín tropical… Cualquier cosa superflua, sin relación con la supervivencia.

—Generaciones de terrestres nacidos y crecidos en el mismo lugar hablan por tu boca. Lo superfluo es para cuando lo demás está garantizado.

—O para cuando terminas una jornada de hacer cosas lógicas y sensatas y necesitas sentirte como si no pudiese acabarse todo mañana.

—¡Y tú parecías la parte sensata y lógica de nuestro equipo! —Gris se recostó en la silla, masajeándose la frente—. Tanto criticar mi fascinación por los insectos y tú añoras cosas aún más poéticas.

—Nadar, bañarse en agua, comer naranjas, acariciar un gato —comenzó Huang mientras se dirigía a su ronda de ejercicios—. El olor de los pinos, la lavanda, el olor de la tierra tras la lluvia…

—Petricor. De ese tal vez tengamos aquí, sin necesidad de la Gliese III.

*

*

*

EPÍLOGO: DÍA VEINTIUNO EN GLIESE 581G

Durante varios días, los análisis de laboratorio darían pocas novedades. De momento, los dos cuerpos humanos no parecían tener anomalías genéticas. Tampoco los restos de la abeja, aunque con las escasas muestras disponibles su análisis era menos fiable. Gris había encontrado restos de algún otro insecto en los bancales de la huerta, insuficientes y muy deteriorados.

Las mutaciones en las muestras azules, grises o rojo vino de *Gliesedonia* eran abundantes y parecían afectar a algo más que aquel orgánulo nuevo, a priori relacionado con la capacidad para metabolizar el oxígeno. Producían secreciones diferentes a las variedades originales y las liberaban al medio. La variedad gris aparecía descrita en informes de hacía treinta años, la roja o la azul se mencionaban apenas en los últimos registros. De momento, la plata a concentraciones bajas parecía frenar su crecimiento.

En el laboratorio, Gris había sembrado cultivos de algas originales, o de las contaminadas por mercurio, que eran lo más próximo posible, para ver cómo crecían con y sin esas sustancias. Tardarían días, tal vez semanas, en tener resultados.

La hipótesis, no obstante, parecía clara: el exceso de oxígeno, factor común a toda el área afectada, hizo mutar a las formas de vida nativa, en concreto la variedad negra. La nueva variedad azul liberó al agua químicos capaces de inducir un cambio en las algas. No pudo ser al revés porque en fuentes de agua sin comunicación entre sí y sin otros factores en común, las algas habían desarrollado la misma mutación. Los *Gliesedonia* azules, sin embargo, se extendían por continuidad sin problema por toda la superficie. En un principio, la mutación producía una hormona capaz de afectar al crecimiento vegetal. En animales, se absorbía íntegra, no se degradaba, y afectaba al funcionamiento neurológico.

En los primeros años de la colonia, si los informes eran correctos, no hubo problema alguno. Cuando los *Gliesedonia carbonata* mutaron y se extendieron, fueron afectando gradualmente a las algas y el agua. Por eso el problema no apareció en varias décadas. Tal vez incluso los fertilizantes utilizados contribuyesen a la mutación de aquellos seres unicelulares.

Otras hipótesis, como una infección por bacterias de la flora bacteriana humana, parecían menos probables, pero aún no podían descartarla. Los cadáveres mostraban signos de la flora normal de un cadáver sano, sin infecciones. Las proporciones de microorganismos no eran valorables, tanto tiempo después. Y aún no había habido tiempo de explorar las aguas más allá de la colonia.

La calidad del aire en la colonia no parecía un problema ni siquiera en ese punto, al menos no en dos de las tres cúpulas accesibles. Los dormitorios aún se resistían. Los problemas nutricionales no debían haber sido frecuentes casi hasta el final, y no por la calidad de los alimentos, en apariencia adecuada. Salvo por la fitohormona.

Si aquella mutación había sido el problema, ¿por qué no habían conseguido detectarlo antes? Era difícil saberlo, faltando tantos informes. ¿No pudieron detectarlo antes de alcanzarse una concentración crítica de la fitohormona en agua y plantas?

¿Su laboratorio, más antiguo, no fue capaz de apreciar concentraciones reducidas? ¿Se encontró la anomalía, pero se ocultó en los informes? Había demasiadas preguntas y pocas posibilidades de poder responderlas en un futuro cercano.

De momento, la memoria recuperada no había arrojado luz y no habían aparecido otras fuentes de información, ni habían conseguido acceder a la cúpula de dormitorios sin romper la compuerta. Y no iban a arriesgarse a romperla hasta asegurar la seguridad de la zona.

Aquel día, aquella tarde perpetua, mientras Huang preparaba el vehículo para el largo viaje a la zona oscura, con suerte en una semana más, Gris desinfectaba los primeros postes traídos de las cúpulas, junto con cantidades ingentes de lejía. En los días previos había tomado medidas y habían colocado los anclajes para comenzar la construcción.

En la última semana habían pasado horas trabajando en el exterior. Parecía casi un atardecer en Marte, preparando el terreno para una nueva ampliación de la colonia. La luz en un extremo del paisaje, el disco solar rojizo asomando en el horizonte, dos planetas, que en Marte habrían sido lunas, surcando el cielo y amenazando un próximo eclipse; a diferencia de en Marte, aquí solo los dos planetas parecían moverse.

—Creo que debería ser yo quien viaje a la zona oscura —sugirió Gris—. El viaje es para seleccionar semillas y algas.

—Por ese lado, toda la razón —Huang se centraba en extraer uno de los motores de fusión de la nave—. Pero, ¿qué haríamos con tus cultivos y tus bacterias?

—Si te dejo instrucciones precisas, podrías intentar interpretarlos —Conforme lo decía, Gris se dio cuenta de lo absurdo de la idea—. No, tienes razón. Hay demasiadas variables a considerar. Aunque tampoco es viable que me dejes instrucciones sobre cómo entrar al ala de dormitorios.

—Como tú dijiste, los cadáveres no se van a mover del

suelo, en contra de lo declarado por algunos colonos —Con delicadeza, Huang apartó el motor y lo apoyó en el carro del robot—. Los cultivos sí pueden cambiar. De todas formas, ¿qué misterio tiene buscar las semillas en la nave-buque? Tenemos el plano de la nave y sabemos dónde están archivadas y ordenadas. Solo necesito los nombres.

—Estaba pensando… En la nave también habrá cadáveres —Gris repasó mentalmente el primer informe, el día del aterrizaje—. No pudieron despertar ni extraer a todos los colonos, por cómo aterrizaron. Debieron ser unos primeros meses terribles, con los primeros en despertar trasladando materiales para una primera cúpula provisional a varios días de distancia del punto de aterrizaje…

—En la nave-buque tenían algún vehículo más rápido que nuestro robot —recordó Huang—. Su viaje debió durar unas siete u ocho horas. Lástima no tener combustibles ni piezas de repuesto compatibles con esos vehículos. Podrían ahorrarnos bastante tiempo.

—Míralo por el lado positivo: durante varios días, estarás lejos de cualquier ser humano vivo —Gris fue depositando los primeros anclajes y postes limpios en un alero, entre la nave y la roca—. En toda tu vida no habrás estado nunca tan lejos de la «gente». Nadie podrá acudir, aunque necesitases algo.

—¿Estás teniendo dudas sobre el plan?

—No tenemos otra elección.

—Siempre hay otra elección, aunque no sea bonita —Huang comenzó a extraer el motor solar del vehículo—. La Gliese II, cuando reciba nuestros mensajes, podrá elegir venir asumiendo el riesgo, intentar un regreso imposible o elegir otro planeta del trayecto con menos posibilidades de éxito. Por nuestra parte, podemos vivir en la nave hasta acabar con las existencias y morir de hambre después; trasladarnos a la cúpula y arriesgarnos a comer su comida, beber su agua, y respirar su aire…

—¿Y morir con terribles alucinaciones, viendo a los muertos venir a saludarnos?

–Míralo por el lado bueno: verías a más «gente» —bromeó Huang—. Los últimos colonos debieron morir hambrientos y asustados, pero no solos.

—Igual hasta vieron gatos, sí —Gris se estiró, una vez guardados todos los materiales en lugar seguro y seco—. O venusinos, o elfos.

—Marcianos, como tú, quizás. Gatos, lo dudo. Deja Marte a los humanos y la Tierra a los gatos.

—¿No querías que los trajese la Gliese III?

—No se dejarán. Tendré que conformarme con acariciarte la cabeza.

Gris miró hacia el horizonte por última vez antes de regresar al interior. Había podido parecer un atardecer en Marte, a más de veinte años luz, con varias colonias cerca y la Tierra a apenas una semana de camino. Con la posibilidad de pedir ayuda, recursos, apoyo. Desde Gliese 581g, sin embargo, no tenían medios ni siquiera para evitar la llegada de la siguiente nave-buque con sus colonos. Apenas podían aspirar a haber encontrado un modo de controlar la mutación de las algas.

En unos días, Huang viajaría a la zona oscura, sola, sin más apoyo que la posibilidad, si funcionase la radio, de guiar el vehículo de vuelta remotamente ante un imprevisto. Gris se quedaría atrás, construyendo su cúpula, yendo a pie a la colonia a revisar cultivos, a procesar, si era posible, el material genético de los restos de la abeja. A tomar muestras de las aguas residuales de la colonia. A seguir explorando y buscando más pistas para confirmar o no su hipótesis. Sobre todo, construyendo la cúpula. No habría mensajes de la nave-buque Gliese II. Aún era pronto. No habría nadie salvo Huang, a varios cientos de kilómetros.

Pensándolo bien, sí, siempre había habido otra elección. Volver a Marte, a continuar un proyecto ya en marcha y estancado, con su familia cerca, la Tierra cerca. Viajar a Europa, la gélida y oscura luna, y trabajar bajo su luz artificial, en sus colonias cerradas y caldeadas sobre el hielo. Nunca permanecer en la Tierra, nunca vivir, como los gatos, en un exterior sin trajes ni máscaras ni necesidad de concentradores de oxígeno, nunca volver a notar el viento o la lluvia en la cara; tal vez sí el sol, seguro el agua.

Gris había podido tomar otras decisiones y optó por Gliese, por el desafío de un mundo nuevo con posibilidades desconocidas. Y ahora se enfrentaba a años casi en soledad, esperando a la siguiente nave y después, a nadie más durante décadas.

La Tierra nunca fue una opción. Los gatos habían elegido antes.

*

*

*

El Premio de novela corta «Planetario de Madrid»
tiene como objetivo fomentar la cultura y la creación
literaria y científica en el ámbito astronómico.

Madrid, 2024